カジカの里

鶴ヶ野勉 著

鉱脈社

目次

カジカの里

三つのサプライズ

(一)

「二人はエレ遅セどね。もう、七時過ぎじゃが……」

義父は顔をしかめ、舌をチッと鳴らした。

数年前に還暦を迎えたそうで白髪が多くなって、頭頂も禿げている。コップを持つ手が震えているのは年齢のせいなのか、怒っているからか？　それとも食後のダレヤメ（＝晩酌）で、酔っているのだろうか？

カズキは少し不安になってきた。

ふと、〈自分がこの家の婿養子になったせいなのでは？〉と思った。婿養子になって、まだ半年しか経っていない。だから家族の小さな言動でも気になり、〈今のは自分が婿養子であることと関係があるのでは？〉と思ってしまう。

特に最近、この傾向が強くなった。

諺にもあるように、〈嫁と姑は不仲である〉と相場は決まっている。しかしわが家では違って、なぜか義父と祖母が不仲である。二人は血のつながる親子関係であるのに、義父は祖母のことになるとなぜか不機嫌になる。

今がそのいい例である。

メガネの奥で、義父の大きなぎょろ目がイラついている。まるで〈オイがイラついているトは、お前とババどんが居るからじゃ！〉と心の中で叫んでいるようにも見える。

二人が不仲である原因は多分、〈転作〉にあると思う。

〈転作〉とは農法を変えることである。現在は社会変化が早すぎるから、農家は常に消費者の動きに気を配っている。例えばミカン農家があったとして、彼らは外国から〈より安くて美味しいミカンが輸入されるのでは？〉と心配している。

カズキはふと、子どもの頃を思い出した。

祖父母から、戦後の食糧難について聞いたことがある。あの頃は国民みんなが飢えていたそうで、〈転作〉など考える余裕などなかったらしい。農家はただ国民の空腹を満たすために、大量に米や麦などを作るだけでよかった。

しかし社会が裕福になると、事情は大きく変わった。

生活が裕福になると人々はより美味しい食物を求めて、米以外の肉類やパン、果物などを食べるようになった。生活が豊かになることはいいことであるが、米ばかり作っている農家は大変であった。

米の値段が下がるからである。

値段が下がると生計がなり立たないから、農家は米以外の作物を作るしかなかった。これらを〈転作〉と言うが、この〈転作〉こそが最近、義父と祖母が不仲になった大きな原因であると思うのだが……?

「ばあちゃんが一番ヨカが……」

その時、風呂場から義母の声がした。

「自分の好きなことバッカして、みんなカーナ好かれチ……」

風呂場からは湯水の音が聞こえる。

この地は霧島火山帯のただ中にあるから、いたる所から湯水が湧き出ている。近くには岩盤の割れ目から湧き出る源泉が数カ所あって、わが家の風呂はそこから引いた湯水を使っている。

湯水の泉質もいろいろである。

わが家の泉質は美肌が期待できる炭酸水素塩と、冷え性などに効能がある塩素の混ざったものである。義母は今頃、少し塩っぱいけど、あの肌がぬるぬるする感触を楽しんでいるに違いない。

「ばあちゃんはコン前ナンダ、老人ホームでカラオケを歌トたゲナ……」

義母は言った後、けらけらと笑った。

南九州の方言にはクセがあるが、半年が過ぎた今、なんとか理解できるようになった。カズキは〈ああ、あの歌だな〉と思った。何回か聞いたことはあるけど、決して上手ではなかった。祖母の好みはなぜか島倉千代子の「人生いろいろ」と決まっていて、この歌しか歌わない。

今は祖母のことよりも、妻ミチヨの方が心配である。

ミチヨは朝方急に、〈なんか気分が悪リがヨ。吐きそう……〉と言い始めた。一家が揃って、農作業へ出かける準備をしている時であった。すると祖母が進み出て、〈今かア町に用事があッデ、オイが病院へ連れチ行くが〉と言った。

祖母は八十過ぎの、後期高齢者である。

十年ほど前に祖父が病死した時、祖母は深く悩み悲しんだと聞いている。祖父はタバコ大好き人間であったそうで、死因は喫煙による肺ガンであった。二人は駈け落ちをするほどの大恋愛の後に、結婚をしたらしい。そんな祖父が家業である葉タバコが原因で死んだのだ。祖母が深く悩み、悲しんだのも当然であろう。

祖母の体形は小作りであり、丸顔である。

性格が一本気であるせいだろうか、感情がそのまま顔や言葉に出てしまう。そのような祖母が最近、急に元気を取り戻している。下手な駄ジャレを言ったり、カラオカを歌って楽しんでいる。

祖母はなぜか、島倉千代子の「人生いろいろ」しか歌わない。

島倉千代子は数々のヒット曲に恵まれたけど、私生活では離婚や借金、ガンとの闘病などを経験した苦労人でもある。祖母はこのことを知って多分、自分の人生を島倉千代子の「人生いろいろ」に重ねているのかもしれない。

早い話、祖母は変わり者である。

家族と同じ敷地内には住んでいるけど、最愛の祖父と長く暮らした別棟で一人住まいをしている。食事だけは家族と一緒に食べるが、農作業や私生活は家族とは全く別のことをしていた。

最近は離農家が増え、周囲には休耕田が広がっている。

祖母はその一部を借り受け、一人で露地野菜や花などを栽培している。ただ育てるだけではない。育てた野菜類を加工して近くの道の駅に並べ、販売するのが祖母の生き甲斐になっている。

「そら早ヨ、急がんね」

祖母は今朝、体調の悪いミチヨを促した。

祖母は先ず、車庫から、愛用の軽トラックを庭に引き出した。そして例によって〈人生いろいろ、男もいろいろ……〉などとハミングしながら、ミチヨと野菜類を軽トラックに乗せはじめた。

最近は全国どこでも、少子高齢化で悩んでいる。

この一帯は農業中心の中山間地であるから、この傾向がさらに進んでいる。地区の小学校はずっと前に閉校になったと聞く。当然のことながら開業医はいないから、祖母は道の駅へ行く前に町の病院へ直行するつもりらしい。カズキは慣れない農作業をしながら、ミチヨが心配でならなかった。

昼前になると、もう我慢できなかった。

先ずミチヨのスマホに繋いでみたが、何回かけても繋がらなかった。慌てていたのだろうか、ミチヨはスマホを家に置き忘れていたのだった。他に連絡方法はないから、仕方なく祖母のスマホに繋いでみた。

「大丈夫じゃガ。ミチヨは今、道の駅で元気に働いチョルよ……。それよっカ、サプライズじゃが。サプライズが三つもあるトよ！　詳しいコタ、家に戻った時に話すっかイね……」

祖母は言い終わると、意味あり気に笑った。

「サプライズだって？　何ですか、それは？」

聞き返したが、スマホは切れていた。

妻の容態を聞いて、〈サプライズだ〉と言われたのだ。カズキはさらに心配になった。妻の容態が〈サプライズ〉であるとしたら、大病しか思いつかない。胃ガン、子宮ガン、乳ガン……？　カズキは畑仕事の手を休め、何度もメールを送った。しかしその後、祖母からの返信はなかった。

祖母は最近、よく〈サプライズ〉という言葉を使う。

先日は道の駅の客から、〈お宅の野菜は美味しいですね〉と世辞を言われたらしい。消費者から直接、〈美味しいですね〉と誉められたのだ。よほど嬉しかったのか、祖母は何回も〈サプライズ〉という言葉を使った。

「だども……?」

思わず、故郷の方言が出てしまった。

カズキは幼少の頃から、〈だども……?〉と呟く悪い口癖があった。今でも迷ったり自分に都合が悪くなった時、つい故郷の方言が出てしまう。標準語になおしたら、〈～であるけど〉ぐらいの意味である。今回の〈だども……?〉の後には、

「だどもオラ、すんぺえ(=心配)になってスマホで聞いてみたがヤ。ほんだら、後よろしく頼むっちゃ」と言うつもりであった。

呟いた後、しまったとも思った。

この家の婿養子になって以来、すでに半年が過ぎている。だったらオラはできるだけ早く、この地に馴染むべきである。馴染む方法はただ一つ。故郷である東北の方言は使わずに、この地の方言で話すことである。

自分は間違いなく、この家の婿養子である。

だったらできるだけ早くこの地の風習に馴染み、家族四人の性格や癖を覚えることである。家族の性格や癖を覚えたら多分、祖母がなぜ道の駅で野菜の販売をし、義父がなぜそのような祖母を嫌

がるのかも分かるだろう。

カズキは居間を離れて、縁側へ出た。

昼間であれば真正面に噴煙を上げる桜島が見えるのだが、夜の今は鹿児島空港を離着陸する飛行機の音が聞こえるだけである。

カズキは後を振り返って驚いた。

夜の霧島連山が黒い固まりになって、目前にどんと居座っていた。今は南九州で暮らしているけど、オラの生まれ故郷は東北である。霧島山がこの地の象徴であるとしたら、オラの故郷の象徴は津軽平野に聳える岩木山である。

「だども……?」

またまた口癖が出てしまった。

望郷のあまり、〈二つの山で、どちらが立派だろうか?〉と思った時であった。詳しいことは知らないが、山の優劣は山の姿や標高差では決まらないだろう。それは多分、山に対する各人の思い入れで決まると思う。

「すたらオラは今、どっちだンベ?」

カズキは腕組みをして、ふっと息を吐いた。

すると暗黒の霧島連山が人の姿に変わり、優しく手招きをした（と思った）。そうだ、オラはこの地の農家の婿養子になったのだ。だったら故郷の岩木山よりも、霧島連山を好きになるべきである。そう思った時、脅かすように不意と、故郷の岩木山がくっきりと心に広がりはじめた。

＊　＊

誰にとっても、故郷の山は素晴らしい。

わが家はリンゴ農家であり、オラは四人兄弟の末っ子であった。運の悪いことに生来の〈寒がり屋〉でもあり、いつもカゼ気味であった。しかし農作業は嫌いではなくて、むしろ好きであった。

ここまではいいのだが、その後が悪かった。

残念ながら、末っ子である。長男が津軽平野の風習に従って、リンゴ園を継ぐことになった。正直に言えば、とっても悔しかった。オラは仕方なく、高校を卒業すると同時に都会へ出て働くことになった。

勤務先は小さな町工場であった。

自動車の部品を作る工場で、オラは毎日ネジばかりを作っていた。農業は暖かい土にタネをまき、土と相談しながら作物を育てる仕事である。しかしオラの仕事は冷たい金属を相手にして、決められたネジを決められた通りに作る仕事であった。すると持病の〈寒がり屋〉は悪くなる一方で、オラはいつも微熱とセキで悩んでいた。

「これでヨカッペか？」

微熱がつづくと、オラは焦り始めた。

くる日もくる日も、同じネジっこばかりを作ってるけンど、ネジっこを作ることがオラの人生だラーか？　ンにゃ、違うっぺ。オラには何か他に、やるべき大切な仕事が残っているはず……。

そう思うと必ず、土への未練心が目ざめた。

都会人にはなぜか、農業を小馬鹿にする悪いクセがある。そう思うと一層、土への未練心は強くなった。これに生来の〈寒がり屋〉が加わるのだ、仕事への焦りは自然と不満へと変身していった。

あの頃のオラには、将来の夢などはなかった。

例えば男は結婚して、家族を養うことが夢であると思ってみる。思ってはみても、実行する気にはなれなかった。だって車のネジを作ることで女と結婚し、ネジを作ることで家族を養うことなどオラにはできないのだから。

全国には最近、オラみたいな若者が多いと聞く。

スマホで検索すると、オラと同じ三十代の男性は二人に一人が、女性は三人に一人が未婚であるという。その理由は〈結婚すると人間関係が面倒になる〉が一番多いとあった。次に〈結婚適齢期が不明である〉とか、〈結婚するとお金がかかる〉などがつづく。

オラの場合、結婚をしない理由は何だったのだろう？

多分〈結婚するとお金がかかる〉とか、〈結婚すると人間関係が面倒になる〉であったと思う。確かにネジを作る仕事の給料は安かったけど、人間関係は面倒ではなくて気楽でもあった。

オラは長い間、そう思いこんでいた。

しかし三十歳になったある日、大きな転機に出会った。スマホをいじっている時で、農業後継者を探す〈婚活サイト〉に出会ったのだ。せっかく先祖伝来の農業を引き継いできたのに、嫁がいなくて困っている若者。その反対に、婿養子がいなくて困っている農家などであった。この〈婚活サイト〉を見た時、オラの心は少しだけ動いた。

「だども……？」

オラは例によって呟いた。

主催者側の説明によると、農業の後継者不足はかなり深刻であるという。その理由として、二つのことが考えられている。一つは日本が経済大国になるにつれて、人々が農業を軽視するようになったこと。二つ目がＷＴＯ（＝世界貿易機関）やＴＰＰ（＝環太平洋パートナー・シップ）などの条約である。日本の農業は現在、これら悩ましい条約に縛られているという。

オラは再度、〈だども……〉と呟いた。

〈医者は年間に七千人ほど育つが、農業後継者はわずか二千人ほどしか育たない〉という書き込みを読んだ時であった。だって農業後継者と医者との比較など、オラとは全く関係がないのだから。

オラは都会へ出る時、本当に悔しかった。

風習なのか法律なのかは知らないが、大好きであったリンゴ園を長兄に奪われたのだから。WTOやTPPも同じであり、ネジばかり作っているオラとは無関係である。そう思ったから、こんな〈婚活サイトなど無視すればいい〉と思った。

そのつもりであったが、待てよとも思った。

婚活の開催地を見た時がそうで、それがここ南九州であった。オラは先ず、南九州はずいぶん遠いよなあと思った。遠いと言葉や生活習慣が違うから多分、婿養子は難儀するだろう。だったらやっぱ、この婚活はオラとは関係がない。スイッチを切ろうとした時、オラは激しく呟きこんだ。

例の持病、〈寒がり屋〉の発作であった。

呟きこむとまたまた〈だども……？〉を連発し、オラは電源を切るのをやめた。南九州であったら気候が温暖であるから多分、暮らしやすいかも知れない。万が一この地で暮らしたら、オラの〈寒がり屋〉だって治るのでは？　オラは呟きこみつつ再度、サイトに見入った。

画面には、婚活の宣伝文が並んでいた。

「新規に農業を始めるにはかなりの財力が必要ですが、婿養子になればその財力は不要になります……」

オラは思わず、ごくりとツバを飲んだ。

兄はただ長兄であるという理由だけで、リンゴ園を手に入れた。オラだって農家の婿養子になりさえすれば多分、憧れの土を相手にする仕事ができる。そう思っただけで心が高まり、オラは思い切って婚活イベントに参加することに決めた。

（二）

「オラの決断、間違ってネエよな？」

カズキは縁側から、霧島山へ語りかけた。

すると不思議。暗黒の霧島山が少しずつぼやけ、懐かしい故郷の岩木山へと変わりはじめた。霧島と岩木山には申し訳ないけど、オラが〈婚活サイト〉に参加した大きな理由は開催地が温暖な南九州であったからである
オラは現在、当時とは全く違う世界にいる。

婿養子になって、ここ南九州に住んでいるのだから。生活の糧は車のネジではなくて、土が作る農産物へと変わった。そう呟いて心に浮かぶ岩木山に謝ろうとした時、近くに人の気配を感じた。

「二人はエレ遅セどね……。もう七時半じゃが……」

気配は新しい義父であった。

義父は先ほども、同じことを言った。あれは七時であったから、三十分が過ぎたことになる。家族みんなが心配しているのに、二人からの連絡は何もない。祖母はスマホで、〈サプライズが三つある。詳しいコタ、家に戻った時に話す〉と言ったと記憶するが……。

「ばあちゃんの言う〈サプライズ〉って一体……、何でしょうか?」

カズキは遠慮がちに、義父へ聞いてみた。

「ババどんは何でん、サプライズじゃってね……」

義父は例によって、チッと舌を鳴らした。

二人は血のつながる母子関係であるのに、義父はなぜか祖母を嫌っている。原因は多分、オラが嫌いであった〈面倒な人間関係〉であると思う。婿養子になって半年が過ぎたが、オラは未だに二人の不仲の原因を突き止めていない。しかし今日の場合、〈二人の帰宅が遅い〉が主な原因であるのは確かである。

「ババどんは〈地産地消〉とか、〈農業の六次産業化〉とかチ、テゲ(=随分)難っかしコツ言デね……」

義父は舌打ちをしつつ、居間へと戻って行った。

これで〈二人の帰宅が遅い〉の他にも、義父を不機嫌にする原因があることが分かった。それは〈地産地消〉の方だろうか、それとも〈六次産業化〉だろうか? カズキは〈地産地消〉という言葉を聞いた時、〈あ、あの言葉だ。懐かしいな〉と思った。

あれは確か、小学低学年の頃である。

ある日の給食時間、忘れられない出来事があった。給食は児童にとって、待ちに待った楽しい時間である。腹を空かしてテーブルに着いた時、担任の先生が〈はい、カズキ君。立ちなさい〉と言った。先生の顔が笑っているから、どうやら叱られるのではないらしいと思った。

「先ほど、カズキ君のお父さんがリンゴをいっぱい持ってきてくださいました。食べる前にみんなと一緒に、カズキ君にお礼を言いましょうね。はい、カズキ君。どうもありがとう！」

先生が言うと、級友たちは奇声をあげて後を続けた。

〈地産地消〉とは文言どおりで、〈その地で生産された作物はその地で消費する〉という意味である。もしこの地産地消が確実に実行されれば、たとえＷＴＯやＴＰＰの条約があっても農家は安泰である。だって外国から安い農産物が輸入されても確実に、日本の農産物は日本人によって消費されるのだから。

だが〈農業の六次産業化〉は難解な言葉である。

カズキは最近になるまで、この言葉があることさえ知らなかった。農家の婿養子になるかも知れないのだ。〈農業の六次産業化〉という言葉を知らないと、〈婚活〉の場で笑い者にされるかも知れない。そう思ったから毎日のように、日本の農業が直面する諸問題についてサイトで調べた。

一次産業とは農林漁業のことである。二次産業は農産物などを加工する産業であり、三次産業は加工した製品を消費者へ届ける産業である。残念ながら従来の農家は二次産業と三次産業から、利益の大部分を奪われていた。この反省にたって最近、農家が一次から三次までを行なう〈六次産業化〉が考案されたと思えばいい。

ここまではいいのだが、難問が残っていた。

〈農業の六次産業化〉には、加工技術や経営手腕が不可欠である。例えばリンゴ農家一筋であった父がある日、〈六次産業化〉を実践したと考えてみる。残念ながら、父には加工技術や会社経営の経験などはない。だから今の義父が言うように、〈六次産業化はテゲ難しい〉ことになる。

「地産地消と六次産業化かあ……」

呟くと、カズキは急に悲しくなってきた。

自分は間違いなくこの家の婿養子であるのに、義父と祖母はカズキには内緒で、これら重大問題について話し合っている（らしい）。オラに遠慮しているのだろうか？　それとも故意に、オラをのけ者にしているのだろうか……？

そう思うと、今度は腹が立ってきた。

二人の考えが嚙み合わないからだろうか、義父は祖母のことを話すだけで舌をチッと鳴らすほどである。ザマアみろだ。婿養子のオラをのけ者にするから、その罰があたったのだ！

〈オラは半年前まで、結婚には全く関心がなかったのだ！〉

オラは小声で呟いた。

結婚をすれば必ず、この種の面倒な人間関係が待ち構えている。そう思うからオラたち若者は最近、結婚をしたがらないのだ！　今は遠慮して黙っているけど、オラだって男だぜ。そっちがその気なら、こっちは婿養子を破談にしたっていいのだから！

「なあ、婿養子って……。その家の家業を継ぐことだよね？」

オラは気を鎮め、霧島山へ語りかけた。

自分は間違いなくこの家の婿養子であるのに、一家の将来を決める大切な話し合いに一度も加わっていない。ということは結局、オラはこの家の本当の婿養子ではないってことなのかい？　それとも二人はオラに遠慮して、話し合いには加えていないのかい……？

〈役せんコツ言《ゆ》な！〉

その時、激怒する声がした。

いや声がしたと思ったわけで、実際は遠くで噴煙を吹き上げている桜島の地響きであった。桜島がいくら激怒しても、オラが稼業を決める大切な話し合いに一度も加わっていないのは事実である。

そう思うと、今度はイラついてきた。

このイラつきは一年前の頃と、全く同じである。オラは車のネジばかり作る仕事が嫌になり、仕事を続けるべきか辞めるかでイラついていた。だから崖から飛び降りる思いで、〈婚活〉に参加する決心をしたのだった。

＊　＊

「オラは今、人生の岐路さ立ってる……」

婚活会場へ向かう途中、オラは何度も呟いた
季節は初冬であるから、この地の大方の農家は農閑期に入っているだろう。その農閑期を利用して、〈婚活イベント〉が計画されたと思えばいい。オラは今、小さな町工場の工員から農家の婿養子へと変身しようとしている。

そう思うと、いやでも心が高まってきた。

冷たい金属を相手にする仕事から、憧れの土を相手にする仕事への転換である。〈人生の岐路〉というよりも、高い断崖から未知なる新しい世界へと羽ばたこうとしていると言い換えてもいい。

南九州は都会から、かなりの遠隔地にある。

先ずは飛行機を使って都会を離れ、後はバスとタクシーを乗りついでやっとイベント会場に着いた。季節は初冬であるのに、とても温暖に思えた。婚活イベントと気候には何の関係もないが、〈寒がり屋〉のオラにとっては気候こそが重要な条件であった。

会場に着いた時、少しだけ心が和んだ。

近くにブランコと滑り台が見えるから、ここは小学校だろうと思った。しかし周囲に児童の姿が見えないから多分、閉校になったのかなとも思った。オラの故郷と同じで、この地でも少子高齢化が進んでいるらしい。

校門の前に立った時、思わず笑ってしまった。

だって校門に、「ようこそ、わが婚勝つへ！」と書かれた看板が立っていたのだから。

婚活には勝つも敗けるもないだろうと思ったけど、オラはわざと〈婚勝つ！〉と言いながら校門をくぐった。

会場に入ったが、参加者はわずか数人であった。

男性が二人で、女性は五人である。それでも生涯の伴侶を決める大切なイベントであるからか、参加者はそれなりに緊張していた。

「では先ず、自己紹介をしてもらいましょう」

女の司会者が言った。

座は一瞬、静かになった。自分の出身地、栽培している農産物、趣味などを話す女性。結婚したくても、相手が見つからないと話す男性。難解な政治情勢を話す人などいろいろであった。

オラは先ず、職場の現状から話した。

車のネジばかりを作る単純作業の退屈さと、冷たい金属に接触する虚しい日々。これらを話した後、故郷のリンゴ園への未練や、暖かい南国で土を相手にする農業の素晴らしさなどを話した。

自己紹介が終わる頃、緊張感はとれていた。

その後にカルタ大会やカラオケなどが計画されていたので、座は和やかな雰囲気に変わり始めた。参加者の個性や特技をさらけ出すことで各人の能力や性格などを知り、最後に自分の伴侶を選ばせるつもりらしい。

イベントは計画どおりに進んだ。

カルタ大会が終わる頃から、あちこちから歓声やハイ・タッチをする音などが聞こえ始めていた。このまま進めば多分、全ての参加者が〈婚勝つ！〉を手にするだろうと思ったりした。

「楽しそうですね、皆さん。いい人が見つかりましたか？」

突然、司会者が言った。

今は参加者を見回しながら、紙を配るところである。紙には参加者の名前が書いてあって、その横に〈いいね！〉と書かれた欄があった。もし男女が互いの欄の〈いいね！〉に〇印をつけあっていたら、ここで第一印象だけのカップルが成立したことになる。

オラは迷わず、ミチヨの欄に〇印をつけた。

実はカルタ大会の時に一度だけ、ミチヨの手とオラの手が触れあったのだ。オラの心は一瞬、どきっとした。大人になって以来、女性の手に触れたのは初めてであった。女性の肌は車のネジと違って、なんと柔らかで温かいのだろと思った。

でも残念、ただの偶然であった。

だってミチヨの他にも数人、〇印をつけたくなる女性がいたのだから。しかし彼女らは全て、農家の嫁になりたくて参加していた。オラは婿養子になるために、そしてミチヨだけが婿養子を探すために、〈婚勝つ！〉に参加していたのだった。

その後、すぐ結婚したわけではない。

先ずは司会者の指示に従って、互いの住所や氏名、メール・アドレスなどの情報交換をしあった。司会者は何度も、〈結婚を前提にした交際にしてくださいね〉と念を押した。オラだって内心、〈この作られた恋を成就させたいな〉と思っていた。

そう、これは〈作られた恋〉である。

オラたち若者は最近、結婚をしたがらなくなっている。スマホで検索すると、たとえ結婚しても数年後には三組に一組が離婚をすると教える。オラだってこの〈作られた恋〉で結婚するかもしれないが、絶対に離婚はしないと言い切る自信などない。

数週間後、オラはネジを作る会社を辞めた。

どうせ〈作られた恋〉である。結婚や仕事をやめる理由など、何とでも言える。冷たい金属から憧れの〈暖かい土へ回帰するため〉と言ってもいいし、〈寒がり屋〉から脱出するために結婚したと言ってもいい。

本音を言えば、決め手はミチヨからのメールであった。

ミチヨの家の近くには、岩盤から湧き出る温水があるらしい。その温水を風呂に使っているのだそうで、泉質は冷え性と美肌に効果があるという。

恥ずかしながら、オラの心はこのメールで決まった。

もし岩盤から湧き出る温水に浸かって暮らしたら、オラの持病〈寒がり屋〉は完治するかも知れない。そう思っただけで、オラの心は自然と固まってしまった。

結婚とは単に、男女の結合だけではない。

家と家との結合でもあるから、互いの家族を知るために故郷を訪問しあった。オラの家が岩木山を背にした津軽平野の裾野にあるのに対し、ミチヨの家は霧島連山の裾野にあった。両者とも土壌が肥沃であり、風光明媚である点でもよく似ていた。

特に霧島連山を見た時、そう思った。

故郷の岩木山神社には、縁結びにご利益のある神様が祭られている。霧島神社も同じであり、天照大神の孫であるニニギノミコトが祭られているという。ただそれだけであるのに、オラは前世からミチヨと結ばれる運命であると思ったりした。

オラは訪ねるたびに、ミチヨの風呂に入った。泉質が冷え性と、美肌に効果があると聞いたからである。すると不思議、本当に体調が改善しはじめた。婿養子になってまだ半年しか経っていないのに、その間オラは一度もカゼを引いていないのだった。

これこそ〈婚勝つ!〉である。

当然のことだが、オラとミチヨは性格も違えば人生経験も違っていた。しかし二人を育てた周囲の自然は美しく、加えて温泉が二人を結びつけたのだと今思う。〈作られた恋〉は司会者が望むどおりに、〈結婚を前提にした交際〉へと近づきつつあった。

メールの交換で、家族構成も分かってきた。

オラは四人兄弟で、リンゴ園を継いだ長兄と姉が二人。ミチヨは三人姉妹の末っ子で、姉たちはすでに結婚をしていた。祖父は肺ガンで病死したが、祖母は庭のつながる別棟に住んでいることなどが分かった。

オラはここで初めて、祖母の存在を知った。

〈存在〉は大げさだと言うなら、〈変人〉と言い換えてもいい。丸顔で、小作りな後期高齢者であった。性格が明るいから、食事は家族と一緒に取っているらしい。これに父母が加わるから、最近では珍しい三世代同居の五人家族で成り立っている。

〈まるで、テレビの「サザエさん」だな〉

あの頃、オラは時々そう思った。

そう思ったから、テレビ・アニメの「サザエさん」を観るようになった。ミチヨが〈磯野サザエ〉であるなら、オラは婿養子の〈フグ田マスオ〉。義父がメガネを掛けた〈波平〉であるなら、義母は優しい〈フネ〉。オラも婿養子になるかも知れないのだ。早くあの〈フグ田マスオ〉みたいに、家族の一員になりきりたい。

そう思ったある日、困った事実を知った。

迂闊と言うべきか、ミチヨの家がどんな農作物を作っているのか知らなかったのだ。気にならないほど、ミチヨが好きになっていたのではない。ただ暖かい土への憧れと〈寒がり屋〉を治してくれる温泉だけを考え、ミチヨの家がどんな農作物を作っているのかは二の次になっていたのだった。

メールによると、ミチヨの家は葉タバコ農家であった。

最初はただそうかと思ったけど、次第に心配になってきた。自分は生来の〈寒がり屋〉であるから、カゼを引きやすい。カゼを引きやすいから喫煙どころか、受動喫煙も避けてきた。だったら即、この養子縁組みは破談にするべきなのでは?

大いに迷ったけど、決心は変えなかった。

オラだって男だ。今さら、〈葉タバコ農家であるから破談にしてくれ〉とは言えない。葉タバコ作りだって、土を相手にする立派な仕事である。でも健康志向が高まった現在、葉タバコ農家はきっと深く悩んでいるに違いない。だったら婿養子になって、その悩みを一緒に分かち合いたい。

そう思っていたある夜、オラは目を見張った。

あれはサイトで〈葉タバコ農家〉の実情を検索している時で、〈人殺し〉という恐ろしい言葉に出会ったのだ。こっちは葉タバコ農家の婿養子になろうとしているのに、〈葉タバコ農家は人殺しである〉と書いてあった。

今思えば、偶然だったのかもしれない。

投稿した人は偶然にも、今の祖母と同じ高齢の女性であった。投稿文によると、偶然にも夫を祖父と同じ肺ガンで亡くしたらしい。女性はサイトの中で、〈私たち日本人はできるだけ早く、健康を害する葉タバコと決別するべきである〉と結んでいた。

「すたらオラは将来……、人殺しをする農家の婿養子になるラか？」

サイトを見ながら、オラは唇を噛んだ。

健康志向が高まった現在、日本人の平均寿命は九十歳へ近づきつつある。医療機関やマスコミは口をそろえて、喫煙と受動喫煙がいかに健康を害しているかを力説している。これは多分、正論だと思う。でも〈寒がり屋〉であるオラは今、その葉タバコ農家の婿養子になろうとしている。

「いや違う。絶対に違うべ！」

オラは思わず、力強く呟いていた。

なぜか急に腹がたって、叫ぶだけでは気分が納まらなくなった。そこで自分の考えを正当化するため、サイトに抗議文まで投稿した。従来の葉タバコ農家はそうであったかもしらないが、オラは違う。もし葉タバコ農家の婿養子になったら、オラが葉タバコ農家の苦況を救ってみせる。

「将来の農業を変えるのは生産者だけではなくて、消費者自身でもある」

これがオラの投稿した抗議文である。

何とも責任逃れであり、根拠のない抗議文だと自分でも思った。まだミチヨに対する愛が弱かったのか、それとも婿養子になる覚悟が出来ていなかったのかは不明。そのせいだろうか反論もあったし、〈いいね!〉もあった。

オラが反論したかった真意は以下のとおりである。

人類は数千年前から、いろいろな嗜好品を作ってきた。コーヒー、茶、コカイン、酒、アヘンなどがそうで、これらは最初から素晴らしかったわけではない。粗悪品であると分かった時、人類は試行錯誤をくり返しつつ改善してきたのだ。

タバコも同じである。

例えばあるリンゴが美味でないと判明した時、人々は科学者や消費者と協力しあって品種改良をしてきた。もし葉タバコのタールやニコチンが有害であると判明したら、同じように消費者と一緒に改良をすればいい。半分は言い逃れであったけど、自分の気持ちを正直に述べたと思っている。

㈢

〈ジャガ、ジャガ、ジャガ。悪いトは葉タバコ農家じゃネガ！〉

その時、桜島と霧島が賛同の噴煙を吹き上げた。

故郷の津軽平野に「リンゴ追分」や「津軽リンゴ節」などの民謡があるように、この地には民謡「鹿児島オハラ節」がある。歌詞で、〈花は霧島、タバコは国分、燃えて上がるはオハラハー、桜島〉と歌い上げるほどタバコを自慢してきた。

民謡はその地方の文化の象徴でもある。

「鹿児島オハラ節」がせっかく葉タバコを称賛してきたのに、〈タバコは人殺しだ〉などと悪口を言われたのだ。二つの山が同時に激怒して、黒煙を空へ吹き上げたのも当然だと思う。

「カズキ君はもう……、決めたツか？」

その時、優しい声がした。

声の主は桜島ではなくて多分、義父だと思った。振り向くと思った通りで、微笑を浮かべた義父が立っていた。頭頂がハゲて、メガネを掛けた初老の男。この笑った顔、どこかでも見たことがある。その通り。テレビ・アニメの「サザエさん」に出てくる〈波平〉とそっくりである。

義父の性格は〈波平〉と同じで、とても優しい。

婿養子であるオラが心配なのか、それとも葉タバコ作りが心配なのかは不明。昨夜もオラのことを心配してくれた。わが家では夜食の後、義父が翌日の作業内容について説明することになっている。

今日の作業は葉タバコの〈芽かき〉であった。

初夏になった今、わが家の葉タバコは収穫の時期に近づいていた。品種は黄色種で、葉っぱが緑から黄色へと変わるところである。義父は先ず葉の色が濃くなり、葉の肉が厚くなった時が収穫の時期であると説明した。

カズキはリンゴ栽培の摘果作業と同じだなと思った。

少しでもいい作物に育てるためには、余分な果実や芽を摘みとる必要がある。説明はこれだけで十分であるのに、義父は優しく〈タバコのヤニは付きやシで、別ン作業服に着替えヤンセ〉と助言した。

「決めたかと言われますと……?」

カズキは遠慮がちに聞いてみた。

この場で〈決めたのか?〉と聞かれたら、来年も葉タバコを作るのか、それとも別の作物へ転作するのかと聞かれたと思えばいい。祖母と義父との話し合いには一度も加わっていないのだ、カズキは何と答えるべきかで迷った。

しばらく沈黙がつづいた。

せっかく大切な話し合いに加わっても、自分はリンゴ作り以外はずぶの素人である。万が一〈人殺し〉を理由に、〈葉タバコ作りは断念する〉と答えたら義父は激怒して、〈じゃ来年は何を作るトか！〉と聞いてくるだろう。

「タバコ作りは全部……、ＪＴが守ってくれるカイね」

義父は言った後、にっと笑った。

久しぶりに見る〈波平〉の微笑である。〈ＪＴ〉とは〈日本たばこ産業株式会社〉の略号である。だったらこの微笑は一体、何を意味するのだろうか？〈ＪＴ〉に守られているから〈タバコ作りは継続すべきだ〉と言いたいのか、それとも〈別の作物へ転作すべきだ〉と言いたいのだろうか？

実は以前、検索で調べたことがあった。

サイトによれば、〈全ての葉タバコ農家はＪＴと契約を結んでいる〉とあった。例えば葉タバコのタネの支給から製品の出荷日まで全て、葉タバコ農家はＪＴの指示どおりに動いているらしい。だったら義父の微笑は〈ＪＴの指示に従っておれば、オレたち葉タバコ農家は安心だ〉と言いたいのだろうか？

義父は数年前、大胆な行動に出たと聞いている。

息子は一般に、父親を越えようとする傾向がある。義父はその格言どおりに、規模拡大を計ったらしい。借金をして、新規のタバコ乾燥機やウネ立て機、トラクターなどを購入した。今はその借金返済の見通しも立っていないのに、〈葉タバコ産業は人殺しだ〉と悪口を言われている。

〈だども……?〉

カズキは例によって、心の中で呟いた。

わが家は数世代前から、葉タバコ農家であったと聞く。さらに民謡「鹿児島オハラ節」だって、葉タバコはこの地の文化であると称賛している。でも残念。オラが婿養子になると同時に、廃業を決断しなければならないのか? 義父の微笑にはそのような無念さと、腹立たしさが混ざっているようにも見えた。

「万が一転作するとしたら……、来年は何を……?」

残酷な質問だと知りつつ、カズキは聞いた。

「まあ酪農とか……。養鶏とか、養豚ジャロかね……」

義父は溜め息をついた後、黙った。

酪農とは牛から牛乳をしぼる農法であり、養鶏や養豚はニワトリやブタを飼育することである。

何れにしても、はじめて聞く義父の転作計画であった。新しくブタやニワトリを飼うとしたら、わが家はまたまた膨大な借金を抱えることになる。

「ババどんは……、エレー反対じゃいゲナ」

義父は吐息まじりに言って、顔をしかめた。

いかにも口惜しそうに見えたけど、カズキは内心、祖母が反対するのも当然だろうと思った。わが家は義父が決断した規模拡大をして、JTから多額の借金をしているのだ。もうこれ以上の借金は許されないだろう。

「カズキ君にはせっかく婿養子になっモロタとに……。悪ィかったね」

義父は突然、呟くように言って頭を下げた。

いや、それ以上であった。義父はタタミに正座すると両手をつき、頭を垂れていた。義父が婿養子に、深々と頭を垂れて謝っている。カズキはびっくりして、思わず義父の両手をつかんでいた。

「ま、先ずはお父さん……。お手を上げてください」

カズキは義父の両手を引き上げた。

すると不意と、〈婚活〉の場面が心をよぎった。自分はあの時初めて、妻ミチヨの柔らかい手に触れた。若い女性の手に触れたのは初めてであり、あれがミチヨと結婚する要因の一つでもある。

しかしあの時の感触と違って、苦労してきた義父の手は何ともごつごつとした感じであった。

「カズキ君にもソダンをしようチ思ったドン……、やっぱ気の毒でね」

義父は苦笑いをして、頭に手をやった。

「ああ、いいんです、いいんです。よく分かってますから……」

カズキはほほ笑み、手を横に振った。

だが内心では分かるどころか、大いに迷っていた。義父と祖母は多分、この〈転作〉のことで何回も対立してきたに違いない。その話し合いにオラを一度も加えなかったのに、今さら〈気の毒だから相談はしなかった〉と謝っている。

カズキはこれを聞いて、ようやく理解できた。

オラは多分、勘違いをしていたらしい。無視されたと勘違いして、〈オラだって男だ。そっちがその気なら、こっちは婿養子を破談にしてもいいんだぜ！〉と心の中で何回も叫んだと記憶するが……？

〈ああ、ハンずかしい！〉

カズキは一瞬、頭に手をやった。

義父は婿養子であるオラを第一に考え、転作の話し合いに加えるのを〈気の毒だ〉と考えていたらしい。有難いと思う反面、当然かもしれないと思った。オラは町工場で、ネジばかり作っていたのだ。こんな難解な〈転作〉をこの若造に相談しても、解決など望めないのだから。

そうだ、自分こそ謝るべきである。

カズキはそう思って、義父の前に進み出た。そして正座をし、自分の無礼を義父に謝ろうと思った。しかし正座した時、義父はカズキを制した。そして〈ホア〉と言うと、顎を庭の方へとしゃくった。

「おおい、二人が戻っきたド！」

義父が突然、居間へ向けて呼んだ。

この場で〈二人が戻っきたド〉と言ったら、ミチヨと祖母の帰宅しか考えられない。居間で明い声がすると、風呂から上がったばかりの義母が縁側へと走り出てきた。義母も気になっていたのか、心配そうな顔をしていた。義父がしゃくった顎の先端に、暗闇に揺れる車のライトが見えた。

今どき、農道を走る車はめったにない。

ライトが近づくと、車種は祖母の軽トラックであることが分かった。三人は直観的に、待ちに待った二人が帰宅したのだと思った。祖母は八十過ぎの後期高齢者である。軽トラックは自信なさそうに、農道からわが家の庭へと入ってきた。何時間も待ちつづけた二人の帰宅である。

「ミチヨ、大丈夫か！」

カズキは思わず、叫んでいた。

急いで縁側から庭へ下りると、下駄を突っかけて軽トラックへと駈け寄った。

「何ンチ、ミチヨね？　そらもう、元気じゃが」

運転席から、祖母の丸顔が出てきた。

カズキはこの時も一瞬、〈だども?〉と思った。だって祖母は〈ミチヨは元気じゃが〉と言うけど、言っている祖母の様子が何とも解せないのだった。

祖母はミチヨよりも先に、車から降りていた。

次に助手席へとまわり、ミチヨが下車するのを手伝いはじめた。カズキには何とも、不可解な光景に思えた。だって下車するのを手伝うのは高齢の祖母ではなくて、若いミチヨの役目ではないのか……?

「ミチヨ……。君は本当に大丈夫なのか?」

カズキは心配になって、念を押した。

「サプライズじゃが、サプライズ！　サプライズが三つ！」

祖母は待っていたように、大声で言った。

突然すぎて、カズキには何のことだか分からなかった。それでも祖母は最近、〈サプライズ〉という言葉を使いたがるのを思い出した。すると数時間前のスマホ連絡が心に浮かび、祖母が〈サプライズが三つある〉と言ったのを思い出した。

「ほア。あんたが先に、一つ目のサプライズを言いナい」

祖母は笑って、ミチヨの肩を小突いた。

どうしのだろうか？　今度はミチヨの様子が変わった。ミチヨは遠慮がちにカズキへ近づいてきたが言い出せず、次に縁側に立っている父母の前へとすすみ出た。それでも言い出せず、ミチヨはしばしうつ向いていた。

「そら、早よ言ワンネ。今は妊娠して、二カ月目じゃろう？」

祖母は代弁をし、けらけらと笑った。

「ええっ！　妊娠二カ月？」

その時、悲鳴のような声がした。

義父と義母であった。義母は驚きのあまり縁側から庭へと飛び下り、素足のままミチヨに駆け寄っていた。母と娘が手を取りあって喜んでいるのを見て、カズキも駆け寄って二人の肩に手をそえた。わが家にとっては久しぶりの朗報であり、これ以上の〈サプライズ〉はないと思った。

「なんゴテ（＝なぜ）早ヨ、言ワンかったツか？」

義父は半分、怒ったように言った。

ミチヨへの苦言ではなくて、明らかに祖母へ言ったものと思えた。その証拠に義父は例によって舌打ちをして、思いっきり顔をしかめていた。

「早ヨ言えば、サプライズにはならンじゃろうが？」

祖母は言い返し、義父を睨んだ。

この場に及んでも、二人の考えは対立するらしい。カズキはそれを見て、〈そうか、そうかもしれないな〉と思った。もしあのスマホ連絡で、ミチヨが妊娠したことを教えていたら多分、これほどの〈サプライズ〉にはならなかっただろう。どうやらこの勝負、祖母の勝ちである。

「お医者さんはツワリだから、余計な心配はせんでンいいって……」

ミチヨがはじめて口を開いた。

祖母も義母もツワリの体験者である。三人は縁側に腰掛け、ツワリ談義をし始めた。内孫第一号であるし、わが家は来年から四世代同居の六人家族になる。

そう思うと同時に、テレビ・アニメの「サザエさん」が心に浮かんできた。

アニメの内孫第一号は〈タラオ〉であり、〈タラオ〉の役目は両家の血族をしっかりと繋ぐことである。葉タバコ家業を継ぐかどうかは別にして、八ヵ月後には家業を継ぐ可能性のある子どもが生まれることになる。

「二つ目のサプライズは……、何か?」

義父が重い口調で言った。

「ああ、それそれ。実はね……、道の駅の野菜が完売したツよ」

今度は、ミチヨが祖母の代弁をした。

道の駅の野菜売り場で、祖母の育てた野菜が完売したらしい。なるほど、そうか。これも目出たいことであるから、〈サプライズ〉と呼んでいいのかもしれない。

祖母は道の駅のことになると、ことさら熱心になる。

消費者との距離をちぢめるために、生産者である自分の名前を野菜に書き添えている。今まで数回、消費者からの礼状が届いたと聞く。しかし礼状は届いても、野菜が完売したことは一度もなかったはずだが……？

「実は今日の完売はね……」

ミチヨはくすっと笑って、話しはじめた。

野菜は完売したのではなかったという。野菜が全部なくなるまで、お客さんに無料で配布したらしい。ミチヨが真実を話すと、祖母は怒った。

「ヒ孫が生まれるかイ、そン祝いに無料で配ったチャガね……。売るもンがネエなるトが完売じゃロウ？　完売したら、そらもうサプライズじゃがね」

祖母は大笑いをし、義父は舌打ちをした。

カズキは二人の様子を見て、あることに気づいた。祖母は露地野菜を育てて加工し、道の駅で販売している。これは小規模ながらも、〈農業の六次産業化〉を実行しているのと同じではないのか？

あの難解な〈農業の六次産業化〉である。

祖母は愛する夫を肺ガンで亡くし、悩んだ末にこの新しい農法を思いついた。その野菜が完売したのだから、これ以上のサプライズはないことになる。義父も気づいたのか、顔をしかめながら舌打ちをくり返した。

「そイで……。三つ目のサプライズって何のこツね？」

義母は二人を気づかって、小声で聞いた。

サプライズには〈人を驚かせた後、人を喜ばせる何かが必要である〉とされる。仮にミチヨの〈妊娠〉と野菜の〈完売〉がこの条件を満たしているとして、三つ目の〈サプライズ〉とは一体何だろうか？　早く知りたいのに、祖母はなぜか黙っていた。ミチヨが代わって話そうとした時、祖母はそれを制した。

「あんたはもう、決めたトね？」

祖母が急に、カズキへ向き直った。

この質問は先ほど、義父からも聞かれた。来年も葉タバコを作るのか、それとも他の農法へ転作するのかという質問であった。もし〈転作〉にすると答えたら、祖母は〈じゃ、何を作っトね？〉と聞いてくるに違いない。そうなるものと覚悟していたのに、祖母は予想もしない行動に出た。

「あんたは今まジ……、ヨウ気張ったねえ」

祖母はカズキではなく、義父へ近寄っていた。

考えられない言動であった。祖母が今まで不仲であった義父を称賛して、義父の肩に両手を置いたのだ。二人は今まで、葉タバコを作りつづけるか否かで激しく対立してきたはず。義父が意地になって規模拡大を計ると、祖母も意地になって、露地栽培で〈農業の六次産業化〉を実践してきた。

「爺さんの後を引き継いだ後も、セッペ気張ったかイねえ……。爺さんもあン世で、泣いて喜んジョルが……」

祖母は涙声で言いつつ、義父を優しく抱き寄せた。

考えられない光景であった。ここまできたら、もう見守るしかない。今度は祖母に抱かれた義父に大きな変化があり、義父は声をだして泣き始めた。まるで幼少時の義父を見ているように思え、その場にいる家族全員がもらい泣きをすることになった。

二人はどうやら、ここで和解をするらしい。

祖母は十年ほど前、駈け落ちまでした最愛の夫を肺ガンで亡くした。皮肉にも死因はタバコであったのに、わが家は今でも葉タバコを作っている。だったら義父よりも祖母の方こそ、夫への愛とわが子への愛との板挟みになって、深く悩み苦しんだはず。

「ミチヨと二人で、道の駅で話したケンドよ……。農家民宿はドゲンカねえ？」

祖母は義父から離れると、突然、提案をした。

唐突であり過ぎるから、最初は何を言っているのか分からなかった。カズキは頭の整理をしてみた。今は三つ目の〈サプライズ〉について義母が聞き、祖母が〈農家民宿〉を提案したところである。

〈なに、農家民宿だって！〉

カズキは思わずツバを呑んでいた。

カズキだけではなく、義母も義父も目を丸くしていた。今まで考えたことさえなかった〈転作案〉であるから、これ以上の〈サプライズ〉はないと思った。

「アタシも、農家民宿に賛成だからね」

その時、ミチヨが手をあげて賛成した。

タイミングが合い過ぎているから、何となく芝居がかって見えた。例えば二人は道の駅で、野菜が完売するまで話し合ったと思ってみる。なかなか完売しないから、帰宅は遅れる一方であった。

その雑談の中で、三つ目の〈サプライズ〉である農家民宿が話題にのぼったのかもしれない。

「この辺にヤ、温泉が多いじゃロ？　霧島の観光をした後、農家ン生活を体験してみたいチ思う都会人は多いとじゃナカト？」

祖母が言うと一瞬、座はしんとなった。

わが家が農家民宿になるなんて、夢にも思っていないことである。家族は何をどう言えばいいのか分からず、しばらく沈黙がつづいた。

カズキは一度だけ、体験したことがあった。

あれは土への未練を捨てきれずに、一人で奥関東にある農山村を旅した時であった。農家民宿の主人はにこにこ笑いながら、〈どうでしたか？　自然を楽しみながら農家の生活を体験できましたか？〉と聞いてきたと記憶する。

「ふむ……。三つのサプライズと農家民宿かあ……」

義父は言った後、ふっと息を吐いた。

今は溜め息だけで、もう舌打ちはしなかった。カズキはこれで多分、わが家の稼業は葉タバコ作りから農家民宿へと変身するだろうと思った。オラが農家民宿の初代経営者になり、八カ月後に生まれる子供へと繋いでいく。これこそが〈サプライズ〉であって、これ以上に〈人を驚かせた後、人を喜ばせるもの〉はない。

「今日はヒンダレタ（＝とても疲れた）。どら、風呂でン入ろうかイね」

祖母は言い残すと、風呂場へと向かった。

その態度には、大きな仕事をなし遂げたという安堵感と満足感が見て取れた。祖母は三つの〈サプライズ〉を使うことで、義父が死守してきた葉タバコ農家から全く新しい農家民宿へと転換させたのだ。大仕事であるから、祖母はきっと風呂に入りたいほど〈ヒンダレタ〉に違いない。

「実は先ほどね、道の駅で……。お客さんに野菜を配っているとね……」

ミチヨが小声で話しはじめた。

風呂場の祖母が気になるのだろうか、ミチヨは時どき風呂場の様子を窺っている。ミチヨの内緒話によると、農家民宿を思いついたのは祖母ではなくて、野菜を無料でもらった県外客であったらしい。

「この一帯にはなぜか……、農家民宿が少ないよなあ」

その県外客が何気なく言ったという。

祖母とミチヨにとって、その時が〈農家民宿〉案がひらめいた瞬間であったらしい。家族みんなはこの内緒話を聞いて、初めて納得した。

祖母は駈け落ちまでして、祖父と結婚した。

その祖父が引き継いできた葉タバコ作りではなくて、今度は全く知らない農家民宿へと転換するのだ。さすがの祖母も最初、乗り気ではなかったらしい。

今度はミチヨが説得役になり、話を進めたという。

二人は野菜を無料で配りながら、義父を説得する方法や農家民宿の経営方法などについて話し合ったらしい。

「ソイデ……。農家民宿は何をドンゲすっとか?」

義父は呟くように言った。

義父はもう農家民宿へ変身することに決めているのか、今後のことが気になるらしい。何世代も葉タバコを作りつづけてきた農家が突然、宿屋へと変身するのだ。義父が心配するのも当然である。

「先ず宿泊施設だけどね……。今ばあちゃんが住んでいる家を増改築するんだって。昔式の囲炉裏もあるでしょう? だからね、あそこを客間に使うの。その他のことは町役場などに相談して……」

ミチヨはなぜか、ここで言いよどんだ。

「父ちゃんは数年前に規模拡大をして……、トラクターやウネ立て機などを買ったでしょう? ばあちゃんはね……、あの農機具をお客さんに使わせたいって……」

なるほど言いよどむのも当然であり、名案でもある。

もし農家民宿になったら、義父が規模拡大のために購入した農機具類は不要になる。それらを宿泊客に開放したら多分、大喜びするだろう。彼らの目的はただ一つ、都会では決して味わえない〈農村生活を実体験すること〉であるのだから。

「ね、ね。宿屋の名前は何にすッとね?」

今度は義母が聞いてきた。

婿養子になって以来、家族がこんなに談笑しあうことは一度もなかった。結婚をして新しい人と交わるって、このことだったのか? オラは十数年間、冷たい金属でネジばかりを作っていた。人の心の温かさなどは忘れて、面倒だなとも思っていた。面倒だと思ったから婚期はおくれ、もう三十歳になっている。

〈そうだ。他人と生活することは決して、面倒なことではないのだ〉

カズキは心の中で呟いた。

オラは将来、この家の戸主になるのは確かである。家族の繁栄はミチヨの妊娠で一応のメドがついたのだ。残るのは家族の健康とこの明るさである。

「その件だが……」

カズキは思わず、口を開いていた。

しかし口は開いたが一瞬、何をどう表現すればいいのか自分でも分からなかった。それでも将来、自分がこの家の戸主になるのは確かである。カズキは思いなおして、自分を励ましつつ話をつづけた。

「ほら、ここ霧島山には天孫降臨などの神話伝説がいっぱいあるんだろう？　だったらさ、オイは〈神話の里〉とか〈山幸の家〉はドゲンカなと思うよ。でもさあ……、宿屋の名前はミチヨの出産まで待つことにしようか？　宿屋と子供の名前はそン時、家族みんなで決めるんだ」

カズキは言い終わった後、言い過ぎたかなと思った。

興奮のあまり、〈オイ〉とか〈ドゲンカ〉など、この地の方言まで使っていた。初めての方言である。恥ずかしかったし、反省もした。しかし自分は近い将来、この家の戸主になるのは確かである。そして夜食後には多分、義父みたいに翌日の作業内容を家族へ説明することになる。

「賛成よ。私もそン案に賛成ジャカイネ！」

義母が手を上げ、笑いながら賛同してくれた。

すると義父は再度、くすっと笑った。いつもの苦々しい舌打ちではなくて、優しい笑顔を浮かべている。どうやら言い過ぎではなかったようで、カズキは一安心した。

思えば、これらは想像もしなかった変化である。

この変化は元々、祖母が発案した〈三つのサプライズ〉に原因がある。〈サプライズ〉のお陰でわが家は葉タバコ農家から農家民宿へと変身し、〈サプライズ〉のお陰で家族は自由に意見が言える親しい仲間に変わっている。

「ね、ねえ。これから三つのサプライズを祝って、皆で乾杯をしようか？」

ミチヨは言うより早く、台所へと走って行った。

丁度その時、風呂場から祖母の聞き慣れた歌声が聞こえてきた。歌はいつもの島倉千代子の「人生いろいろ」で、〈自分ばかりを責めて、泣いて過ごしたわ〉と歌うところであった。

「ねえ、ばあちゃん！　今から乾杯をするかイ、急ぎナイ！」

義母が風呂場へ向けて、大声で呼びかけた。

「よかよか。先に始めナイ！」

祖母は叫び返した後、歌をつづけた。

歌詞が同じ〈自分ばかりを責めて、泣いて過ごしたわ〉であるから、カズキは何となく気になった。ひょっとして祖母は内心、何かを後悔しているのでは？　祖母が風呂に入ったのは〈ヒンダレタ〉からではなくて、〈自分ばかりを責めて、泣きたかった〉からではないのか……？

だとしたら祖母は一体、何を責めているのだろうか？

祖母は先ほど、〈三つのサプライズ〉を使って義父を強引に説得した。祖母だって妻であり、人の母親でもある。もしわが家が〈農家民宿〉に変身すると、最愛の夫と息子を裏切ることになるのだが……？

「カズキ君、君が乾杯の音頭を取っクレ」

その時、義父の声がした。

小声ではあるが、命令口調に聞こえた。驚いて義父の顔を見ると、「サザエさん」の〈波平〉みたいに優しく笑っていた。カズキは直観的に、義父はオラに乾杯の音頭を取らせることで〈葉タバコ作りはオイの代で終わりだ。農家民宿はお前が中心になってやってくれ〉と頼んでいるのだと思った。

義父に頼まれたら、もうやるしかない。

義父は規模拡大をすることで、祖父を越えようとしたが失敗した。そのバトンが今、義父からオイの手に渡されようとしている。オイは葉タバコ農家から農家民宿へと〈転作〉することで、義父を越えようとしている。今度こそ、失敗は許されないだろう。

家族は互いに、コップにビールを注ぎあった。

先ずは妻ミチヨの〈妊娠〉を祝して、声高に乾杯の音頭をとった。次に道の駅での〈野菜の完売〉を祝し、最後に祖母が〈サプライズ〉を使って提案した〈農家民宿〉を祝して乾杯をした。

「いま輝くのよ私たち、今が飛び立つのよ私たち……」

丁度その時、祖母の歌声が風呂場から聞こえてきた。

偶然だろうか、それとも祖母好みの駄ジャレだろうか？　わが家は今、〈輝き〉ながら葉タバコ農家から農家民宿へと〈飛び立つ〉ところである。今後は二度と、〈自分ばかりを責めて、泣いて過ごしたわ〉などと歌ってはいけない。

「そうだ、他にも乾杯があるよ！」

カズキは言いつつ、コップを手にして家族を見回した。

「今年の収穫はまだだから、わが家の葉タバコ作りは終わっていない。ここで爺さんとお父さん、そしてずっと前のご先祖様たちのご苦労を祝して、乾杯！」

カズキが叫ぶと、家族たちもコップを高く差し上げた。

たとえ今年で葉タバコ作りを断念しても、ご先祖たちのご苦労と努力を忘れてはいけない。義父の手がぶるぶる震えていた。原因は感激のあまり泣いているのか、乾杯の酒に酔っているのかは不明。

〈ねえ、これでいいダラー?〉

カズキは言葉を失い、小声で呟いた。

〈いいダラー?〉は東北弁であるから、故郷の岩木山へ語り掛けたつもりであった。そこで目の前にどっしりと居座る霧島連山に向かって、〈こイで、ヨシュゴアンドカイ(いいでしょうか)?〉と言いなおした。

熱帯魚飼育法

(一)

「念のためにお聞きしますが……。これですかね、奥さん?」

芝木と名乗る男は微笑を浮かべ、明るい声で言った。

この男は三回訪ねてきたが、〈念のために〉という口癖があるらしい。最初に〈念のために〉と言った時、昌子は編み物をしていた。歳のせいなのか最近、視力が弱っている。昌子はメガネを掛けて、ゆっくりと玄関へ出た。

すると一瞬、おやっと思った。

庭に植わったアジサイを背にして、八重歯の突き出た男が愛想笑いをしていた。見慣れない顔であるから多分、セールス・マンかも知れない。断ろうとした時、男は〈念のために、私はこういう者ですが〉と言って、ポケットの中を探りはじめた。

目の前に名刺が差し出されていた。

いや名刺だと思ったわけで、よく見るとビニール製の手帳であった。改めて手帳を見た時、昌子はびっくりした。〈××警察署、刑事　芝木浩三〉と読めた。昌子は少し身構えて、〈何か御用でしょうか？〉と言った。

「御主人の初七日は昨日でしたよね？　いえね今、近くを通りかかったから……」

芝木は照れ笑いをし、弁解がましく言った。

刑事にしては下手な芝居である。刑事が単なる通りがかりで、海岸沿いの高台にあるわが家へ悔やみにくるだろうか？　嫌みでも言ってやろうかと思ったが、刑事の不恰好な八重歯に免じて許してやった。

「御主人の慎吾さん、何歳でしたか？」

芝木は言いつつ、中へ入ってきた。

今から事情聴取でも始めるのか、それとも単なるお悔やみだろうか？　芝木は失礼しますと言いながら、玄関先から仏間へ入ってきた。死因を疑っているのなら、主人の年齢ぐらいは調べておきなさいよ、年齢ぐらいは。

「ちょうど九十でした」

「ほう、九十歳でしたか。奥さんが六十五歳で、ご主人が九十歳……。まだまだお若いですよ、お二人とも」

これまた下手な芝居である。

夫婦の年齢差が三十近くもある。〈警察では、この点を疑問視しているんです〉とはっきり言えばいい。芝木は仏壇の前に正座して、慎吾の写真を見上げていた。祭壇の前には花や灯籠などが置きっぱなしで、葬儀屋はまだ撤去に来ていない。

芝木はじっと、慎吾の写真を見上げていた。

ハワイへ新婚旅行に出かけた時のもので、慎吾はVサインをして笑っていた。五年前であるから歳は八十五で、首にはレイをぶら下げている。葬儀には派手すぎると子供たちから苦情を言われたが、自分にとっては懐かしい記念写真である。

「五年間も在宅介護をする……。大変だったでしょう」

焼香を終えた後、芝木は振り返った。

葬儀を終えて一週間が過ぎると、もう弔問客はいない。数日して息子と娘が帰った後、訪ねてきたのは刑事の芝木だけである。生前は早く介護から解放されたいと願っていたけど、夫に死なれて独居生活になるとやはり淋しい。

「私も以前、在宅介護の母を看取りましてね。その大変さがよく分かります」

芝木は同情しきった声で言った。

どんな用事で来たのか知らないが、この男は刑事である。刑事が訪ねてきたと思って警戒したけど、逆に同情されると涙が出てきそうになった。昌子は自分こそ芝居がかっていると思いながら、何回も涙を拭いた。

「実は奥さん……。最近、妙な電話が署に掛かってきましてね。日に何回も掛かりますと、警察も放ってはおけなくて……」

昌子が泣きやむのを待って、芝木は言った。

やはりそうであった。慎吾の死因に不審な点でもあるのか、刑事はその調査のために来たらしい。〈ねえ、そうなの？　それは一体、何のことかしら？〉。昌子はそのような硬い表情をつくって、顔を上げた。

「ああ、これですかね？　奥さん」

芝木は縁側に出て、〈なるほどねえ〉と言った。

縁側と言っても、普通の濡れ縁ではない。わが家は慎吾が退職金をはたいて、海ぞいの急斜面を切り開いて建てた一種の別荘である。赤や青に塗装した派手な壁が〈なるほどね〉の意味なのか、それとも眼前に広がる壮大な太平洋が〈なるほどね〉に思えたのかは不明。

「いやあ、これはひどい壊れ方だ」

どうやら勘違いであったらしい。

芝木は縁側から庭に下りると迷わず、慎吾の車椅子へと歩いた。慎吾が乗りつぶしたもので、ハンドルの部分がひどく壊れていた。芝木はうんうんと声を出し、車椅子に乗ろうとした。高齢の病人用の車椅子であるから、健康な芝木の腰など入るはずがない。

「あ、これですかね。奥さん？」

今度は何を見つけたのか、芝木は玄関へ戻ってきた。

そこには水槽があった。水槽は玄関と居間の中間あたりに置いているのだから、芝木は庭の車椅子よりも先に水槽を見たはずである。なのに水槽には気づかず、車椅子の方を先に話題にした。どうやらこの男、優秀な刑事ではないらしい。

「これは熱帯魚ですよね、奥さん？」

芝木は珍しそうに、水槽の中を見ていた。

この男には無理だろうが、熱帯魚マニアなら水槽を見るだけで全てが分かる。背の低い水草や小石類は前面に置き、成長する水草や大きな調度品は背後に置くのが鉄則である。熱帯魚たちは今、エアポンプから立ち上がる気泡と戯れながら泳いでいた。

「熱帯魚はいいスねえ……。たしか近くの漁港にも、熱帯魚とサンゴ礁の見れるグラス・ボートがありますよね？　以前わしも一度だけ、見学しましたがね……」

いかにも芝居がかった言動に思えた。

車椅子が主人の死因と関係がなかったように、水槽の熱帯魚も死因とは関係がなかったと思う。

先ほどは〈近くを通りかかったから〉と言い訳を言ったけど、この刑事は一体、何のためにわが家へ立ち寄ったのだろうか？

「奥さんも多分、熱帯魚がお好きなんでしょうね？」

芝木はやさしく攻めてきた。

なんたる愚問だろう。人は好きだからこそ、大金と時間をかけて熱帯魚を飼っている。数百万円をつぎこむマニアだっている。そう言って驚かそうかと思ったけど、止めた。この先に予想される多くの質問に備えて、今は黙ってた方が得策だろうと判断した。

「これは確か、グッピーですよね？　飼っていたのはグッピーだけですか？」

芝木は不思議そうに、水槽内を見入っている。

この質問を聞いて、昌子は警察手帳を見た時と同じくらい緊張した。刑事は車椅子と水槽の質問順序を間違えたり、無理して車椅子に乗ろうともした。優秀な刑事ではないという証拠なのに今度は、水槽にグッピーしかいないのを不思議がっている。

「念のため……、グッピーは海水魚でしたよね？」

身構えていると、芝木が言った。

昌子はそれを聞いて、心の中でくすっと笑った。なあんだ、驚かさないでよ。あなたは熱帯魚については、ずぶの素人じゃないの？　昌子は〈そう、海水魚です〉と言って芝木へ近づき、一緒に水槽の中をのぞき込んだ。

＊　＊

グッピーと初めて出会ったのは、慎吾の一回目の発作後である。

あれは晩春の頃であったから、庭の桜はすっかり葉桜になっていた。春になると人は当てのないロマンを夢見たり、老人や病人たちも諦めかけていた春の再来を期待する。今まで何十回も巡ってきて、これから先も巡ってくるであろう夢いっぱいの春。

洗濯物を取り入れつつ、ああと伸びをした。

すぐ目の前に太平洋が広がり、水平線が白いカミソリの刃になって海と空とを引き裂いていた。そう思った時、体の中に小さな悦びが芽ぶき、さざ波のように広がりはじめた。昌子は内心、〈私はもう歳なのに……〉と呟きつつ、そのさざ波に身を任せた。

これで終わりではなかった。

甘い洗剤の匂いに刺激されたのか、全身が少しずつ火照ってきた。特に首筋から耳たぶのあたりがそうで、火照りは心地いい悦びへと変化しはじめた。そこは数年前、ある男性に開けてもらったイヤリング用の穴のあたりであった。

そう思った時、台所で食器類の割れる音がした。

ペット類は飼っていないから、音の原因は夫の慎吾しか考えられない。急いで台所へ駆け寄ると、慎吾が俯せになって倒れていた。驚くと同時に、冷めたもう一人の自分がいることに気づいた。冷淡な自分はゆっくりと慎吾へ近づき、おやっと思った。

手の震えが止まっている。

あの頃、慎吾の右手には震えがあった。意志とは無関係に動くから、最初はパーキンソン病だろうと思っていた。慎吾は自尊心が強い上に、癇癪もちでもある。我慢ができなくなって、定年前に退職したと聞いている。

その震えが消えているのだった。

入院でもされたら大変だと思った時不意と、看護学生時代の実習を思い出した。先ずは大声で、〈あなた、あなた！〉と連呼しつつ慎吾を抱きあげる。左の眼球が大きく横を向いているから多分、右脳に出血でもあったらしいと思った。

その後どうしたのか、正確には思い出せない。

救急車が到着する直前、慎吾がはげしく嘔吐したのは覚えている。大量の汚物であるから、その一部が喉にでも詰まったら大変である。そう思ったから慎吾の顔を横に向けて、指を喉の奥まで突っこんで汚物をかき出した（と記憶する）。

遠くから、救急車の音が聞こえてきた。

救急車は近くの海岸で向きを変えると、丘の上にあるわが家へと上りはじめた。かなりの急坂であるから、救急車は悲鳴をあげていた。サイレンの音が止むと同時に、白衣の男たちが下車した。男たちはタンカを持ったまま、土足で家に上がり込んできた。

ここまでは記憶しているが、その後が判然としない。

救急車を呼んだのは自分であったのか、それとも隣人だったのかも不明。結婚して間もない夫が突然、台所で倒れて嘔吐し始めたのだ。気が動転していたのは確かで、あの時の応急処置が適切であったのかは今もって自信がない。

＊　＊

「あんたは本当に本当、汚物を全部取り出したのよね？」

あの時、耳元で女が大声で聞いてきた。

場所は慎吾が運びこまれた総合病院の待合室であり、言ったのは娘の倫子であった。倫子は別の病院で働く看護師で、異常なほどの父親思いであった。連絡すると同時にすっ飛んできたが、慎吾はまだ集中治療室にいた。

「あんたはもともと、医療現場にいた医療人でしょう？　だったら当然、初歩的な応急処置ぐらい知ってるわよね？」

倫子は常に、上から目線で話してくる。

自分は確かに戸籍上の母親であるが、ここまで言われたら母親としての面目が立たない。夫との年齢差が三十ほどあるから、娘は母親というよりも単なる使用人だと思っているらしい。その証拠に母親である自分を〈あんた〉と呼び、応急処置の仕方まで疑っている。

「現場を離れて、もう数年にもなるから……」

「だから応急処置など、どうでもいいって言うの？」

倫子の大声を聞いて、待合室の患者たちが振り向いた。

慎吾には倫子の他に、二人の息子がいる。しかし二人は家業である漁師にはならず、都会へ出たまま帰郷していない。日本は現在、少子高齢化に悩んでいる。この地も例外ではないわけで、主要産業である漁業の大方は外国人労働者に頼っていると聞く。

倫子が反抗的であるのは多分、他の理由だと思う。

先ずは年が四十歳代で、自分とあまり変わらないこと。次に仕事が同じ看護師であることも考えられる。きっと他にも、理由があると思う。心の中にいる別の〈女〉である。その〈女〉は義母になった自分を強く恨み、嫉妬させているのでは……？

〈だったら私、どうすればよかったのよ！〉

心の中で、思いきり叫んでやった。

もともと慎吾は漁業会社の社長であり、自分の父はそこの乗組員であった。身分が違うから、慎吾とは会ったこともなかった。ところが数年前、〈運命のいたずら〉があった。妻に先立たれた慎吾は手が震えるようになり、自分の勤める病院へ通うようになったのだ。そして三年忌を終えたある日突然、慎吾から結婚を申し込まれた。

予想もしない出来事であった。

六十になるまで、一度も結婚を考えなかったわけではない。家が貧しかったのだ。家計を助けるために看護師になり、弟たちの学費を稼いでいると婚期を過ぎていた。もう子どもの産める歳ではないから、夫の介護をすることが結婚生活になるだろうと覚悟した。

〈私はねえ、好き好んで三十も年上の男と結婚したんじゃないの！　頼まれたのよ。あんたの父さんに拝み倒されて、仕方なく結婚したの！〉

心の中で叫び、倫子の頬をひっぱたいてやった。

さすがの倫子もしばし、黙っていた。

納得したからではなくて、タンマの状態で様子を見ていた。結婚の翌年、慎吾は何の相談もなく船会社の仕事を辞めた。そして何の相談もなく、この地に別荘を建てると言い始めた。先祖代々つづいた船会社なのに、今さらなぜ別荘を建てるのだろうと思った。

「あんたはどんな魂胆で、父に別荘などを建てさせたの？」

倫子は新たな手を見つけると、攻撃を開始した。

「魂胆なんてないわよ。ただ父さんが別荘を建てたいと言うから……」

「ただそれだけ？　父が早く死ねば、それだけ早く財産が手に入る……」

倫子は〈でしょう？〉と言って、覗き込んできた。

正直なところ、夫が死ねば妻にも財産分与があるのは知っていた。しかし娘から面と向かって、〈財産が目的で結婚をし、財産が目的で早く死なせた〉と言われたのだ。これでは妻としても、母親としても面目まるつぶれである。

別荘の建築は多分、先の戦争と関係があった（と今思う）。

あれは確か、ハワイに新婚旅行に出かけた時である。ハワイには観光スポットがたくさんあるのに、慎吾はなぜか〈アリゾナ記念館〉を選んだ。日本軍は奇襲作戦によって、真珠湾を護っていたアメリカの戦艦〈アリゾナ号〉を撃沈させた。慎吾はその記念館を確かめるために、ハワイへ新婚旅行をしたいと言った。

〈アリゾナ記念館〉の他にも、理由があった。

初夜であるから、ベッドは形ばかりに慎吾と共にした。老いた慎吾は優しく抱きよせると、はじめて聞く〈人間魚雷〉について話しはじめた。後にも先にも、これだけが慎吾との夫婦生活を実感した夜であった。

先の戦争が終わって、七十年以上が過ぎている。

慎吾は戦争末期の頃、日本を死守する少年兵であったらしい。沖縄が陥落した後、次に日本を護る〈防波堤〉はここ南九州であった。慎吾たちは連日、〈人間魚雷〉の訓練をした。魚雷の中に兵士が乗りこみ、敵の軍艦に体当たりをする戦術であった。

人は老いると、〈思い出に生きる〉傾向があると聞く。

もし慎吾の〈思い出〉が〈人間魚雷〉であるとしたら、全てが解決する。慎吾は愛国心に燃える少年兵に戻って、高齢化に悩む郷里を護ることができるのだから。船会社の社長を辞した今、慎吾が〈人間魚雷〉基地の近くに豪華な別荘を建てたのも理解できる。

「とにかく最後まで、父の面倒をみること。これはあんたの義務だからね」

倫子が言った時、慎吾の検査結果が出た。

集中治療室に入り、医者の説明を聞いた。左大脳部に出血はあるが、症状の割には軽い方らしい。すぐ治療が始まった。医者の言ったとおりで、右目の偏位が消える頃には退院した。右半身の麻痺と言語障害は残ったが、通院しながら様子を見ることになった。

それでも厄介なことが待っていた。

持病の〈右手の震え〉である。一般に左大脳部に出血があると、右半身が麻痺する。この論に従えば、〈右手の震え〉は発作と同時に消えることになる。だが残念、ちゃんと生き残っていた。誇り高い慎吾にはショックであったのか時々、奇声を上げて悔しがった。

その頃から、苦しい在宅介護がはじまった。

おしめの交換と床ずれ防止。入浴と洗髪をした後は必ず、リハビリに通う。中でも排泄には苦労した。便秘はこの病気の特徴的な症状であり、放置すると何日も排便がない。排便がないと他の病気を誘発するから、下剤を服用して自力で排便させることにした。

しかし慎吾は奇声を上げ、排便を嫌がった。

先ずは嫌がる慎吾を寝かせ、横向きにする。腰に便器をあてがって毛布を掛け、排便を終えたら呼び鈴で知らせてもらう。しかし肝心の手が震えるから、呼び鈴を鳴らせない。癇癪を起こした慎吾をなだめ、タオルで肛門を拭くと、ゆうに一時間はかかっていた。

＊　＊

その頃はじめて、熱帯魚を知った。

慎吾は週に数回、リハビリに通っていた。入口に大きな水槽が置かれ、患者たちは熱帯魚を見ながら順番を待った。最初のリハビリは〈座位〉であり、自力で起きて座る訓練であった。次に寝た姿勢から座る〈起居〉へと移り、同時に言語訓練も受けていた。

指導者は北川という名のベテラン訓練士。

考え方が少し変わっていたけど、とても分かりやすかった。例えば、はじめて在宅介護をする家族がいたとする。北川は先ず、〈在宅介護は大変ですが、新しくペットを飼い始めたと思ってください〉と助言した。なるほど在宅介護は苦労の連続であるが、〈新しくペットを飼い始めた〉と思うと気が楽であった。

北川は六十歳代ではあるが、どの患者にも人気があった。

慎吾もその一人であり、北川の言うことなら何でも従った。例えば〈不自由な右足を左足にからめて、持ち上げなさい〉と言われたとする。他の訓練士なら嫌がるのに、北川が指示するとなぜか素直に従った。

言語訓練がそのいい例である。

「カ」の音はプラスチック製の薄い板で舌の先端を押し下げて、「カッ」と吐き出すように発音させる。「サ」の音は舌の先端を浮かせて、そこへ息を強く吐き出すことで先ずは「S」を作る。その「S」に母音の「ア」を加えて、「サ」の音を発音させる。

ある日、微笑ましい光景を見た。

北川が〈「サ」と「カ」の入った言葉が言えるかな?〉と言って、水槽の熱帯魚を指さして「サカナ」と言った。慎吾はしばらく黙っていたが突然、〈アー、アー、アー〉と言った。北川が〈うまい、うまい〉と言って拍手すると、もう駄目。慎吾は年老いたターザンみたいに、〈アーアーアー！　アーアーアー！〉と叫んだ。

これが切っかけになり、熱帯魚を飼うことになった。

北川の言う熱帯魚という〈ペット〉を飼うことになったのだが、在宅看護とはそう簡単なものではない。ある日を境にして突然、慎吾に失禁と痴呆症状が出るようになった。北川の助言によれば、これら症状の裏には何らかの〈心理的要因〉が隠れているという。

その頃、〈心理的要因〉が一つあった。

娘である倫子の流産である。倫子は四十半ばの高齢出産であったが、慎吾にとっては初孫でもあった。慎吾は落ちつかないのか、何回も〈まだか？〉をくり返すようになった。

流産はしばらく伏せておいたが、臨月を過ぎるともう隠せなかった。

教えた次の日から、慎吾の失禁がはじまった。

呼び鈴が聞こえたら、どんな仕事をしていても駆けつける。これが妻である自分の仕事である。そう思っていたのに残念、間にあわなかった。呼び鈴は遠くへと転がり、慎吾は唇を噛んで睨んできた。単なる悔しさではなくて、怒りのこもる目つきであった。

〈まさか……、北川と関係があるのでは？〉

昌子は何となく、そう思った。

あの頃は北川に頼りきっていた。在宅介護に必要な冷暖房装置や電動式ベッドなどは全て、北川の助言で買った。北川がボタンひとつで室内を理想的な温度と湿度に保ち、ボタンひとつで食事から排泄までができる便利なベッドがあると言うと、すぐ購入した。

あれは初冬の午後であった。

湯たんぽの購入について、北川に電話相談をしている時である。いや正直に言えば、相談のついでに他のことでも談笑しあっていた。すると呼び鈴が鳴り、駆けつけると慎吾は〈キタカワ！ キタカワ！〉と叫びながら睨みつけてきた。

「湯たんぽはね……、昔式の瀬戸物が一番だってよ」

明るい声で言ったのに、慎吾の形相は変わらなかった。

いやそれ以上であり、〈キタカワ！〉と叫んで物を投げつけてきた。〈北川さんがどうかしたの？〉と聞くと、慎吾はさらに目をむいて物を投げてきた。これが恐れていた認知症のはじまりであり、必ず〈キタカワ！〉と関係があった。

数日後には、北川の亡霊まで現われた。

呼び鈴が鳴ったので駆けつけると、北川が便所に隠れているから連れてこいと言う。こんな淋しい海岸へ来るはずがないでしょうと言うと、北川が便所に隠れているから追っ払えと言った。別の日には、庭の桜の木で北川を絞首刑にしたと言って大笑いをした。

なぜ急に、北川を嫌いになったのかは不明。

慎吾は理学療法でも言語療法でも、北川の指導を全面的に受け入れていたはず。それが急に北川を便所に隠したり、絞首刑にし始めたのだ。慎吾はなぜ急に、北川を嫌いになったのだろうか？

それから数日後、決定的な事態になった。

洗髪は大方、十日に一回の割りで行なう。

先ずは頭の下にビニールとバスタオルを敷き、次にお湯が流れやすいように枕を高くする。その頃の慎吾の楽しみはただ一つ、ＤＶＤを見ることであった。二度洗いをしていると突然、慎吾の震える手が自分の乳房に触れてきた。画面では、男女がベッド・インするところである。慎吾は痴呆症である、我慢できるところまで我慢しようと思った。

洗髪を終えたら、次は便秘マッサージを行なう。

慎吾の病衣をはだけ、ヘソの回りを「の」の字を描くようにマッサージする。画面の男女は呻きあい、悦びの坂をゆっくりと登っていく。慎吾はその時、男であることを思い出したらしい。震える手を懸命に伸ばして、自分のスカートの下へと忍ばせてきた。

初冬の午後で、目の前には太平洋が広がっている。

自分は今、吐き気がするほど倒錯した時間の中にいる。海は穏やかに波打っているが、常に穏やかであるとは限らない。そう思った時ふいと、新婚初夜の情景が心をよぎった。あれは恐い〈人間魚雷〉の話であり、初夜の話としては場違いに思えたのだが……。

マッサージを終えたら、病衣に着替えさせる。

簡単なようでも、とても骨のおれる仕事である。先ずは慎吾に万歳をさせて、両腕に新しい病衣を通す。次に腰を持ちあげて裾を背中から腰まで引き下げ、最後に前みごろを合わせて紐を結べば終わりである。

ここまで終えた時、突然叫び声がした。

慎吾は顔をゆがめて、〈キタカワ!、キタカワ!〉と叫びはじめた。震える右手がスカートの中へ入ってきたから、その意図が分かった。思っただけで身震いがしたので、手を激しく払いのけた。いや払ったつもりであったが、なぜか手は慎吾の顔に当たっていた。

その後、予期しないことが何回もつづいた。

夜間徘徊もその一つである。物音がしたと思って駆けつけると、慎吾は柱にぶち当たって倒れていた。理由を聞くと、〈キタカワガ来タ! テーッ、テーッ!〉と叫ぶ。最初は分からなかったが、どうやら〈人間魚雷〉と関係があるらしいと思った。北川に向けて、〈人間魚雷〉を〈テーッ!〉(=発射せよ)という意味であるらしい。

ここまで来たら、もう限界である。

次の夜から安全のために、慎吾をベッドに括りつけることにした。あんなに北川を信頼しきっていたのに、今は北川を絞首刑にしたり、魚雷を北川に〈テーッ!〉と叫ぶほど憎んでいる。本当に認知症のせいなのか、それとも他に原因でもあるのだろうか？

ある夜、風呂に入っていると呼び鈴が鳴った。

いや呼び鈴だと思ったわけで、実際は北川からの電話であった。今は慎吾の呼び鈴でなかったら、何でもいい。救われる思いで受話器に寄りそい、甘え半分で〈ねえ何なの？〉とささやくように聞いた。

転医と熱帯魚のすすめであった。

熱帯魚を飼うのは名案だけど、なぜ北川のいない別の病院へ転医するのか理由が分からなかった。北川はわが家にとって、神様のような存在である。困ったり悩んだ時、優しく救いの手を伸ばしてくださる神様。そう思っていたのに今度は、北川のいない別の病院へ移れと助言する。

疑い半分で、北川の指示に従った。

すると不思議。慎吾の諸症状が少しずつ改善しはじめた。娘である倫子の〈流産〉が諸症状の主な要因であったが、今度は北川の勧めた〈転医〉と〈熱帯魚〉が回復の要因になった。北川の助言に従いさえすれば、驚くべき効果があることを再認識した。

＊　＊

その頃、北川の言うとおりに車椅子も買った。

しかしこの時も、新しい苦労が待っていた。生き物は何でも、自分の居場所は自分の意志で決めたがる。当時の慎吾がそのいい例であり、いつも自分の居場所を決めたがった。最初はわが家の庭の中だけでよかったのに、次第に戸外へと行動範囲を広げていった。

「俺ノ居場所ハ、俺ガ決メル！」

慎吾は顔をしかめ、叫ぶように言った。

筆談ではないから正確な意味は不明であるが多分、自分の目で戦時中の〈人間魚雷〉の基地を確かめたいのだろうと思った。慎吾は大声で〈手ヲ放セ、放セ！〉と叫ぶけど、手を放したら大惨事になる。車椅子は間違いなく崖下へと落下し、最悪の場合は死ぬかもしれない。

そう思ったので、助けを求めて呼ぶことにした。

〈誰か助けて！〉と叫ぶと不思議、慎吾の気持ちが落ち着くことが分かった。あの時もそうしたのだが、間にあわなかった。車椅子は落下するように急坂を転がり始めた。幸いにも二つ目の曲がり角にぶつかり、車椅子のハンドル部分が大きく壊れてしまった。

(二)

「念のために、奥さん……。これですかね？」

聞き覚えのある男の声がした。

〈念のために〉という声を聞いて、男は刑事の芝木であるらしいと思った。芝木は三回訪ねてきたが、思い出したのは二回目の訪問であった。すぐ目の前に、刑事にしてはおどけた感じの八重歯がある。昌子は編み物の手を休め、お茶の準備にかかった。

「今の話は少し……、でき過ぎていませんか?」

芝木刑事が口をはさんだ。

今日の芝木は〈虐待死させた〉とでも思っているのか、全てを疑っているようだ。でもこの刑事は車椅子と水槽の質問順序を間違えたり、〈グッピーは海水魚である〉と思っているのだ。腕ききの刑事ではないという証拠であるから多分、大丈夫だと思う。

「先日は気づかなかったけど、ハンドルの部分がひどく壊れてますよね。ご主人は何時《いつ》、肩と腕に怪我をされたんですか?」

明らかに疑っている目であった。

芝木は濡れ縁に立て掛けてある車椅子へ近づくと、〈おかしいなあ〉を連発しながら入念に調べはじめた。表面上は機嫌よさそうに見えるけど、内心では何かを疑っているのは確かであった。

「ご主人は本当に、〈自分の居場所は自分で決める〉と言ったんですか?」

案の定、芝木は攻めてきた。

「あの時は筆談じゃなかったから、正確には分かりません。でもあの時の雰囲気では……、確かにそう言ってました」

「なに、雰囲気で？　なるほど、認知症の入った夫婦間の雰囲気だけでねえ……」

芝木は小さく笑った。

「その頃、ご主人との間に……、心の葛藤みたいなものがあったでしょう？　例えばご主人が憎らしいとか、反対にご主人から嫉妬されたとか……。一人で五年間も在宅介護をするのです。誰だって早く死んでくれとか……。いや、これは失礼」

芝木は頭に手をやり、こちらの様子を窺っていた。

白状すれば、慎吾を憎らしいと思ったことは何度もあった。慎吾は漁業関係の社長であったせいか、気位がやたらと高かった。常に〈上から目線〉で話をし、結婚した当初から自分は妻というよりも女中扱いであった。それを承知で五年間、自分はくる日もくる日も在宅介護に耐えてきた。

「奥さんが今、編んでいるその編み物ですがね」

話題が急に変わったので、昌子はびっくりした。

芝木は今日も悔やみではなく、事情聴取に来ているらしい。腕利きの刑事に変身してメモ帳をめくり、ペンを走らせている。先日のようなヘマはしないぞという構えで、〈誰のために編んでいるのですか？〉と聞いてきた。

「私は決めてから編む場合と、そうでない場合がありますから……」

心の動揺を隠しつつ、用心深く答えた。

「先日は紺色の毛糸で、今日も紺色ですよね？　しかし全然、進んでいない……」

芝木は攻撃を強めた。

「最近は疲れが溜まって……」

「よく分かります。ご主人が亡くなったのだから……」

芝木は言いつつ、近くの水槽へ目を移した。

昌子はほっとした。実は北川のためにカーデガンを編んでいるのだが、なぜか編み物については話したくない。話すと解けはじめた編み物みたいに、大切なものが一瞬にして崩れ去っていきそうである。

「グッピーは最初から、この水槽内で飼ってたんですか？」

今度はグッピーで攻めるつもりらしい。

編み物は何となく不安であるけど、芝木が苦手とするグッピーだったら安心である。芝木は不思議そうに、水槽内を泳ぐグッピーを見入っていた。何か不審な点でもあるのか、何回も〈おかしいなあ？〉と言って首を傾げた。

「念のため……、飼っていたのはグッピーだけですよね？」

芝木は攻撃の手を強めた。

実はグッピーの他にも、熱帯魚を飼っていた。しかしこの場で、そのことを話して大丈夫だろか？　昌子は少しだけ身構えた。〈身構えた〉は大袈裟だと言うなら、話してもこの無知な芝木に理解できるのだろかと〈迷った〉と言い換えてもいい。

熱帯魚も、北川の指示に従って購入した。

北川の指示に従って転医すると、慎吾の諸症状が軽減しはじめたのだ。熱帯魚も同じだろう。北川の指示どおりに熱帯魚を飼えば、きっと何かいいことが起こるに違いない。そう信じて町の熱帯魚店へ電話すると、すぐ若い店員がやってきた。

＊　＊

「ご主人から、どうぞ」

その日、日焼けした茶髪の若者が言った。

近くの海に熱帯魚の群がるサンゴ礁があると聞き、グラス・ボートに乗って見学したことがある。そこで熱帯魚は見たけど、飼うのは初めてであった。若者は〈熱帯魚はグッピーに始まり、グッピーに終わります〉などと言って、先ずグッピーを飼うことを勧めた。

この若者も漁師の子であったが、漁師にはならなかったという。

しかし憧れの都会に出たが仕事に馴染めず、今は帰郷して趣味であるサーフィンばかりしていると言った。若者は面倒くさそうに、水槽の濾過器や蛍光灯のルックスなどについて説明した。そして最後に、〈ご主人からどうぞ〉と言ったのだった。

突然のことなので、何のことだか分からなかった。

黙っていると若者は苦笑いをし、ビニール袋に入ったグッピーを慎吾に手渡した。どうやら記念として、最初のグッピーは主人である慎吾に放させたいらしい。慎吾は感動でもしたのか、わあわあ言いながらグッピーの入ったビニール袋をふった。

水面に小さな音がして、数匹の小魚がふり落とされた。

慎吾の手には震えがあるから、グッピーは目を回したらしい。しばらくじっとしていたが、一匹が深みに沈むと他の魚たちもそれに従った。〈さあ始めようぜ、ここがオレたちの新しい棲処《すみか》だ〉。グッピーたちは守備に散る野球選手みたいに、四方へと散った。

この日を境に、グッピーとの共同生活が始まった。

認知症の老人がペットを飼いはじめると、不思議なくらい回復が早くなる。これは北川の持論であるが、慎吾もその例外ではなかった。平行棒内でやっていた歩行訓練は棒の外へと広がり、今では四点杖を使えば歩行もできるようになっている。

わが家の庭で、初夏の花々が咲き乱れる頃になった。

桜の木の下に植わったアジサイがようやく花期を終えると、今度は庭師に植えさせた亜熱帯のデイゴ、ブーゲンビリア、ジャカランダの花々に変わっている。眼前には紺碧色の広大な海と空が広がり、両者は競いあうようにして自己主張をしあっていた。

「念のためですが……、奥さん」

芝木は庭の花々を見ながら、思い出したように言った。

「二回目の発作の時……。奥さんは救急隊員に、総合病院にしてくれと指示されたそうですね？」

話題は熱帯魚から、慎吾の搬送先へと変わったらしい。

昌子はなぜか安堵して、〈ええ覚えてますけど〉と答えた。すると芝木は〈なぜ転医した病院ではなくて、わざわざ失禁や認知症と関係のあった総合病院に変えたんですか？〉と言って攻めてきた。

「あの病院は私が以前……、勤めていた病院ですから」

「でも急患を受け入れる病院なら、他にもあったでしょう？」

芝木の声が大きくなり、昌子は一瞬答えに困った。

「多分……、北川さんが勤めていたからでしょう？」

「そう、その通りです。でも、よく調べましたわね」

「ええ、まあ商売ですから……」

芝木は笑った後、さっと真顔になった。

質問攻めが始まると思ったのに、芝木は〈ご主人が九十歳で、奥さんが六十五歳かあ〉などと言って溜め息をついた。一回目の尋問と今日の尋問には、具体性があるという点で大きな違いがある。

この男はいったい何を疑い、どのように攻めてくるのだろうか？

「実は……、警察も困ってるんですよ。日に何回も電話がありましてね」

芝木は言いよどみ、タイミングをはかっていた。

次の瞬間、今がその時だと言わんばかりに、〈人殺しだと言うんですよ、その人は〉と言って覗きこんできた。なんとも物騒な話である。昌子は仰天して、〈私が主人を殺したとでも言うんですか？〉と大声で聞き返した。

「慎吾は私の主人ですよ。バッカみたい！」

「そう、あり得ないことです」

両者が黙ると、時間はしばらく止まった感じになった。

動くのは芝木刑事の両目だけで、どんな手掛かりも見逃すまいと時計の振り子みたいに揺れ動いている。昌子は不気味な沈黙に耐えかね、〈その電話はきっと、娘の倫子からのものでしょう？〉と聞いた。

「何回も電話がありますと、警察も放っておけなくてね……」

芝木はそれには答えず、なぜか黙ってしまった。

芝木に黙られると、電話の相手が誰なのかが気になってきた。〈人殺し〉などという物騒なことを言う人がいるとしたら、娘の倫子しか考えられない。あの女はすべての他人の中で、もっとも厄介な他人である。

「親の老後介護はしたくないくせに……、親が死ぬと虐待死だったと電話してくる。今の世の中、どうかしてるよ……、タク！」

芝木は大きく舌打ちをした。

本気なのか、芝居なのかは不明。芝木は〈タク！〉をくり返し、物的証拠がないと立件ができないなどと嘆いた。数回〈タク！〉をくり返した後、最近は少子高齢化社会になって、この種の殺人罪が後を絶たなくなったと嘆いた。

「それにしても奥さん……、ずいぶん高額の生命保険に入ってますねえ」

予想もしない質問であった。

今までの話題は熱帯魚と車椅子が中心であったのに、今度は保険金で攻めるつもりらしい。なるほど五千万円は高額かもしれないが、あれは結婚前に慎吾が言い出した提案である。年齢差が随分あるから、その心の負い目を保険金で償いたいと慎吾は弁明した。

「ところで奥さん……。北川という人をご存じですよね？」

今日の芝木は話題をどんどん変える。

ノートに書いたメモを確かめながらの質問であるから、事前に質問事項を整理していたと思える。

昌子は話題が北川に変わった時、思わずつばを飲んだ。あの北川である。いつかは質問されると覚悟はしていたが、刑事に聞かれるとひどく緊張した。

「お二人の関係について聞くつもりはありません。ただ念のために……。北川さんはこの地域に、老人医療センターを作りたいのでしょう?」

いかにも自信ありげな質問である。

何と答えればいいのだろうか? 実は北川と会うたびに医療センター建設のことを聞いたし、相談も受けていた。人口がこうも急激に減少すると、地方は老人だけの社会になってしまう。それに対応するには、老人医療の拡充は必要不可欠であると北川は言った。

「お二人は奥さんが看護師の頃から、深い関係であったとか……?」

昌子は質問には答えず、黙って芝木を見つめていた。

あれは高度経済成長期の頃であるから、全てが輝いて見えた。都会から遠く離れたこの地でさえ、何かに憑かれたように浮かれていた。北川もその一人であって、この地に老人の医療施設を建設することが夢であると言った。

「いつ頃……、建設資金の援助を頼まれましたか?」

決定的な質問であると思った。

何と答えようか？　いや、何と答えたら北川には都合がいいのだろうか？　迷っていると芝木は、〈青春は誰にとっても、夢と失望の連続ですよ。輝いている反面、危険でもあります〉と言ってくすっと笑った。横柄というか、人を小馬鹿にした物言いであった。

「ありません。資金援助など頼まれませんでした」

我慢できなくなって、突っぱねてやった。

芝木は腕組みをし、〈おかしいなあ？〉を連発した。あの頃に失望したのは北川ではなくて、自分であった。だって北川は自分ではなく、別の女と結婚したのだから。しばし沈黙がつづいた後、芝木は〈そのうち分かるでしょう〉と言って、腰を浮かせた。

「三十も年上の男と結婚する女は一体、結婚に何を期待するのかなあ？」

北川は玄関先で、靴ベラを握って振り返った。

何たる暴言だろう。昌子は思わず心の中で、〈もちろん愛ですわ！〉と叫んでいた。数年前、妻を亡くした老人が右手の震えで通院していたと仮定してみる。老人はそこの看護師を見そめて、求婚した。今時ならよく聞くケースであるのに、この刑事はそのことも疑っている。

「愛というより……、安定感かな？　晩婚の女には……、安定感こそ魅力ですから」

これまた暴言である。

最初はそう思った。たとえ晩婚でなくとも結婚とは、女の一生を左右する一大事件である。自分は貧しい漁師の娘であったが故に、結婚が遅れてしまった。しかし慎吾と結婚したお陰で生活が安定し、元船会社の社長夫人になった。だったら自分は結局、〈安定感〉を得るために慎吾と結婚したことになるのだが……？

いや違う、貧しかったからだ。

家庭が貧しかったから婚期を失い、貧しかったから老人と結婚したのだ。そう思うと腹が立ち一瞬、芝木に摑みかかろうとしたが、止めた。これは一種のワナかもしれない。この男は刑事である。挑発的な物言いをすることで怒らせ、事件解決に役立つ何かを喋らせようと企んでいるに相違ない。

＊　＊

「愛はグッピーに始まり、鉄砲魚で終わるの！」

芝木が帰った後、昌子は激しくドアを閉めた。

目の前の水槽では、グッピーたちが無心に泳いでいた。三センチほどの小魚で、オスが少しきれいなだけでメスはいたって地味である。グッピーのメスは自分と同じで、地味で目立たないところが好きである。

「熱帯魚はグッピーに始まり、グッピーに終わるのよね？」

昌子は小声で、水槽で泳ぐグッピーたちに語りかけた。

これは熱帯魚店の若者が言った言葉である。意味が分からなかったので後日、スマホで調べてみた。〈グッピーは飼育がとても簡単であるが、実は奥の深い魚である〉という意味であった。そうだと分かるとなぜか興味がわき、昌子もグッピーを飼うことにした。

あれは確か、一回目の車椅子事故のあった後である。

事故を再発させないために、何事も無理のない生活をするようにした。たとえ慎吾が戸外へ出たがっても、安全な庭から危険な外には絶対に出ないこと。散歩の後は静かに新聞を読み、編み物とグッピーの世話をする。このくり返しではあったが、慣れるとそれなりに満足であった。

しかしあの日は違って、耳のあたりが妙に疼いた。

それは以前、北川がイヤリング用に開けてくれた耳の周囲であった。このような時は先ず、慎吾をデイケアに預ける。電気店で新しいＤＶＤを借りるという口実を作り、北川と会って愛を確かめる。すると心が充電されて、どんな介護苦労にも耐えられる。

その日は熱帯魚店にも立ち寄った。

店は街の裏通りにある老舗で、中に入ると色鮮やかな魚たちが出迎えてくれた。目移りがするから、同じコーナーを何回も見て回った。すると魚たちは尾ビレをなびかせて近づき、〈なあんだ。買う気はないのかい？〉と言いたげに去って行った。

「買う気はあるのよ。ただ、迷ってるだけ」

昌子は呟きつつ、また同じコーナーに戻っていた。

「グッピーは飼いやすいし、奥も深いよ」

老いた男の声がした。

熱帯魚店の店主のようで、白髪の頭をタオル巻きにしていた。どうやら昌子に、買う気があるのを見越しているらしい。店主は〈値段はどれも同じだから、元気のいいこれとこれにしますかね？〉と言いながら、勝手に品定めをし始めた。

「魚は群れのトップを泳ぐのがいいよ」

店主は微笑を浮かべ、元気のいいグッピーを指さした。

グッピーも人間と同じで、集団生活をする魚である。群れの後をよたよたと泳いだり、群れから離れて泳ぐ魚はよくないらしい。店主は冗談が好きなのか、〈魚も人間と同じだね。若くて元気のいいオスはいつも、メスを追っかけてるよ〉と言って笑った。

昌子はふと、先ほど愛しあった北川を思った。

北川が元気なオスであるなら、自分は追いかけられるメスである。北川が自分を求めるのはただ単に、〈若くて元気なオスであるせい〉だろうか？　他にあるとしたら多分、メスである自分から〈医療センターの建設資金を調達するため〉だろうか……？

昌子は人工飼料と生き餌を買って帰路についた。

帰りの車中、あることに気づいた。せっかく自分用のグッピーを飼うのに、魚は慎吾の魚と同じ水槽内で泳ぐことになる。たとえ群れのトップを泳ぐ元気な魚であっても、住む場所が老いた慎吾の魚と一緒では困る。

大いに悩んだけど、車はわが家に着いていた。

昌子はグッピーの入ったビニール袋を持って、水槽の前に立った。意を決してビニール袋を水槽に入れると、不思議。魚たちは微動だにせず、じっとしていた。慎吾の魚みたいに、〈さあここでオレたちの新しい生活を始めようぜ〉という意気込みが感じられない。

とその時、小さな動きがあった。

水草で休んでいた慎吾の魚が一匹、すいと浮上してきたのだ。多分、良くない何かが起こる。事件でも起きたら、どうしよう？　私はどちらに味方すればいいのだろうか？　緊張して見守ったが、取りこし苦労であった。両者にトラブルはなく、すれ違って行った。

ほっと安心した後、エサを与えた。

店主の助言に従って、生き餌と人工飼料をバランスよく与えることにした。先ず人工飼料をばらまくと魚たちは静かに浮上し、さっと餌をくわえて散っていった。全部で十数匹になっている。よくよく観察しないと、自分の魚と慎吾の魚との区別がつかない。

次に生き餌を与えることにした。

昌子は生き餌の箱を開けた瞬間、思わず顔をそむけた。それは糸ミミズであった。ドブでゆらゆらりと動く、あの体長四センチほどの糸ミミズである。うじゃうじゃと固まる習性があるのか、ウニみたいに丸くなっていた。

思わず身震いがして、はげしく蓋を閉めた。

この嫌悪感は多分、慎吾の発作と関係がある。慎吾の汚物を手でかき出した時から、自分はこの種のうじゃうじゃした物が苦手になっている。〈虫ずが走る〉の格言どおり、急に胸苦しくなってきた。どうやら吐くらしい。昌子は口を押さえ、便所へと走った。

吐く物がなくなった頃、電話の音がした。

北川かもしれないと思って受話器を取ると、〈父につないで！〉という女の声が飛び込んできた。いつもの命令口調であるから、相手は娘の倫子であると直感した。意識的に冷静をよそおい、〈今はデイケアに出ていますけど〉と正直に答えた。

「なに、デイケアですって？」

倫子の声が急に変わった。

〈父は人間であって、手荷物じゃないのよ〉とか、〈あんたも医療人だったのだから、もっと父に愛情をもってよ〉などと捲くしたててきた。腹がたったので思わず、〈それは違う。慎吾が発病したのはお前が流産したからよ！〉と心の中で叫んでいた。

「私は先ほど見たわよ。あんたは男の人と一緒に、熱帯魚店に入ったでしょ？　ああ、恥ずかしい！　そんな色気があるんだったら、ちゃんと父の面倒をみてよ！」

倫子のわめき声はつづいた。

それだって違う。あれは不倫ではなくて、北川に助言を仰いだだけである。月に一本の割で慎吾好みのＤＶＤを借りて、それを見ながら洗髪や便秘マッサージをするのが自分の日課である。でも慎吾は震える手で、レイプまがいに私のスカートの中に……。

真実を話そうと思った時、電話は切れていた。

昌子は電話口にしゃがみ込み、呆然としていた。

せっかく自分用のグッピーを買ってきたのに、糸ミミズと倫子の電話で台無しになってしまった。この頃から、感情が爆発しそうになった時、ある行動を取るようになった。それは水を張った洗面器に顔を突っこみ、大声で〈バカヤロー！〉と叫ぶことであった。

＊　＊

グッピーの寿命はおよそ一年である。

それが原因だったのだろうか？　数週間が過ぎると、慎吾の魚と昌子の魚はひと目で区別ができるようになった。昌子の魚は若いから、いつも群れの先頭を泳いでいた。しかし慎吾の魚は余命が少ないのか、群れの後を疲れたように泳いでいた。

この頃から、スマホに頼る回数がふえた。

もし可愛いグッピーに育てたかったら、水槽内のレイアウトには十分気を配れとスマホが教える。そこで新種の水草を植えたり、改良式の砂を敷いたり、形や色彩が美しい蛍光灯に取り替えたりもした。どうやら自分はこの頃から、グッピーの〈教育ママ〉に変身したらしい。

他には週に一回、必ず水替えをした。

グッピーの故郷はアマゾン川流域であるから、そこの水質に近づけるために弱アルカリ性に保った。〈教育ママ〉は日に日に強くなり、ついにグッピーに子どもを産ませる案を思いついた。自分は高齢だから子どもを産めないけど、グッピーだったら産めるだろう。

そう思って早速、その準備に入った。

胸をおどらせ、水槽内の水質、水温、環境などに気を配った。そして数週間後、ついに兆候らしきものが現われた。スマホによれば、メスの腹部に出てくる黒ずんだ斑点がそれである。一匹に現われると他の魚にも現われ、数日後にはオスにも兆候が現われた。

愛するグッピーがついに、繁殖期に入ったのだ。

オスがメスを追い回すと、慎吾もわあわあと奇声を上げた。オスは暇さえあれば、交接器をぶら下げてメスを追い回した。これこそが何億年もの間、地球上の全ての生き物がくり返してきた繁殖行動である。慎吾は感動のあまり、奇声をあげて泣いた。

残念ながら、観察したのはここまでである。

スマホによれば、グッピーの交接はメスがヒレを震わせることから始まる。するとオスはメスに近寄り、腹部を愛撫するようにすり抜ける。これがグッピーの交接であるが、残念ながら見る機会はなかった。車椅子で慎吾を散歩させている時であったのか、北川と会っている時であったのかは不明。

ある日、水槽内で異変が起きていた。

車椅子での散歩を終えて、慎吾を縁側に押し上げている時であった。慎吾が突然、奇声を上げたのだ。見ると魚が水面に鼻を上げ、口をぱくぱくやっていた。元気がないから、すぐ慎吾の魚だと思った。数日間で慎吾の魚は全て、鼻上げをして死んでしまった。

「悪イノハ水質カ、水替エカ?」

魚を庭に埋める準備をしていると、慎吾が筆談で言った。

無視して桜の下に小さな穴を掘り、グッピーの死骸を並べる。魚の目が恨めしそうに見上げるので、急いで砂をかぶせた。慎吾はあきらめ切れないのか、〈水質ハ本当ニカルキ(＝塩素)ダケカ?〉と聞いてきた。何かを疑っているのか、目が異様に輝いていた。

「グッピーはね、一年しか生きられないの。だから多分……、寿命じゃない？」

昌子は断定的に言って、グッピーの埋葬を終えた。

慎吾は〈ジュミョウ、ジュミョウ〉と呟き、震える手で合掌をした。昌子は不意と、ハワイでの新婚旅行を思った。慎吾は初夜のベッドで、〈人間魚雷〉で死んだ戦友の話をしてくれた。慎吾は寿命を終えたグッピーに、若くして戦死した〈人間魚雷〉の戦友たちを重ねているに違いないと思った。

＊　＊

グッピーが死ぬと、慎吾の容態も急変しはじめた。

先ず数日後に、認知症が再発した。なぜか一回目と同じで、北川と何らかの関係があった。泣いていたかと思うと突然、〈北川ガ玄関ニ隠レテイル〉と叫ぶ。次に〈便所ニ閉ジコメタ〉に変わり、最後に〈桜ノ木デ絞首刑ニシタ〉と言って笑った。

昌子は我慢できなくなって、北川に相談した。

「そうだな……。また新しい熱帯魚でも飼うか？」

北川はベッドの中で、面倒くさそうに言った。

北川には結婚当初から今回のグッピーの〈死〉まで、迷惑ばかり掛けてきた。北川には妻子がいて、すでに孫もいると聞いている。しかし今でも、北川の夢はただ一つ。老人介護センターを設立することであり、自分はその建設資金を頼まれているのだった。

「人間も電気製品のカートリッジ（＝部品交換）と同じさ。古いペットが死んだら、新しいペットと交換すればいいのさ……」

投げやりでもあり、自信あり気でもあった。

〈在宅介護は苦労するが、新しくペットを飼うと思えば気が楽である〉。これが医療訓練士である北川の持論であり、自分はその持論に従ってきた。今度の提案も多分、たくさんの症例に裏打ちされているのだろうと思った。自信たっぷりなところが魅力なわけで、昌子はそっと北川に寄りそい、〈ねえ〉と言って背中を揺すった。

「人間魚雷のことかい？」

北川に先を越されてしまった。

北川は苦笑し、〈だったら……、今度は鉄砲魚を飼ったら？〉と言った。〈人間魚雷〉の代わりに〈鉄砲魚〉である。なるほど両者とも兵器の名前である点で、どこか類似している。北川は自信あり気に昌子へ片腕を差し出し、ぐいと抱き寄せた。

早速その日に、熱帯魚店へ電話をした。

やってきたのは漁師になるのを嫌がった例の茶髪の若者で、面倒くさそうに鉄砲魚の説明をし始めた。いや、説明をしようとしたのだった。すると横あいから、慎吾が〈コレハ……〉と言いかけた。しかし若者には通じないから、筆談をすることになった。

「これはアーチャーフィッシュ。鉄砲魚」

文字は読みにくいが、確かにそう読めた。

慎吾は認知症ではあるが、鉄砲魚の別名が〈アーチャーフィッシュ〉であるのを知っていた。名前が〈人間魚雷〉と似ているせいか、若者よりも老いた慎吾の方が詳しかったのだ。若者は気分でも害したのか、十分な説明もせずに帰ってしまった。

「今度ハ大キクテ、若イ」

若者が帰った後、慎吾は震える手でVサインをした。

北川が助言した〈新しいペット〉は正しかったようで、慎吾の諸症状は少しずつ軽減し始めた。

水槽の中では今、身体に黄と黒の帯を巻いた二匹の鉄砲魚が水草へと沈むところである。グッピーよりも数倍大きくて、とても華やいで見えた。

「オ前ハ鉄砲魚ヲ知ッテイルノカ？」

慎吾はしきりと説明をしたがった。

スマホで何回も調べていたので、昌子はその大方は知っていた。鉄砲魚は東南アジアの海に棲む珍魚であるそうで、特異な習性があるらしい。水面近くの昆虫を見つけると水鉄砲のように水をしゅっと吹きかけ、落ちてきた昆虫を捕食する習性があるという。

「そうよねえ……。詳しいことは知らないわ」

このような時は、わざと知らない振りをする。

すると慎吾は北川の助言どおり元気になり、〈百発百中ダ。野生ノモノハ三メートル、家デハ五十センチ〉などと説明をし始めた。筆談であるから、これだけ話すのに数十分はかかる。慎吾は疲れたのか、立てていたベッドの枕を平らにさせた。

人はペットを飼うと、なぜか餌を与えたがる。

スマホによれば、〈愛の代償〉であるという。こんなに可愛がっているのだから、その一部を私に返しておくれ。それができないのなら、せめて〈私の物〉になっておくれ。人はそう願いつつ、ペットに餌を与えたがる。慎吾もその一人になって、しきりと餌を与えたがった。

しかし困ったことに、鉄砲魚は生き餌しか食べなかった。

あの糸ミミズである。先日は糸ミミズを見ただけで吐いてしまった。昌子は思い出しただけで胸苦しくなり、その場を離れた。今思えば、これが運命的な出来ごとになった。この日を境にして鉄砲魚は慎吾の魚になり、グッピーは昌子の魚になったのだから。

原因はすべて、鉄砲魚にあった（と今思う）。

鉄砲魚は大食漢であり、生き餌であれば何でも食べる。可哀相なのはグッピーであり、生き餌の大部分を鉄砲魚に奪われてしまった。すると当然、グッピーは栄養失調になる。栄養失調になると結果的に、グッピーには子どもが生まれないことになる。昌子は何回も水を張った洗面器の顔を突っこみ、〈バカヤロー！〉と叫んだ。

昌子はここで、一計を案じた。

編み棒である。箸でもスプーンでも構わないけど、グッピーの繁殖を護るにはこれしかないと思った。先のとがった編み棒で鉄砲魚を突っついて隅へ追いやり、怯んだすきにさっと餌を与える案である。昌子は母性本能が命じるままに、何回もこの手を使って最愛のグッピーたちを護った。

数日後のある日、慎吾の奇声が聞こえてきた。

発作を起こしたのだと思って駆けつけると、慎吾は目を輝かせ〈テーッ！　テーッ！〉と叫んでいた。メモノートを見ると、〈二十センチ〉と走り書きがしてあった。水槽の中を指さしているから多分、鉄砲魚が水を飛ばしたのだろうと思った。

「ええ！　本当なの？」

昌子は例によって、わざと大げさに驚いた。

慎吾とは会話ができないから、下手な文字と身振りだけで理解するしかない。どうやら〈テーッ！〉とは、〈人間魚雷を発射せよ！〉という意味であるらしい。だったら慎吾はその頃、鉄砲魚と〈人間魚雷〉とを完全に混同していたことになる。

「俺ノ鉄砲魚ガ発射シタ。信ジロ、本当ダ！」

慎吾は書き終えると再度、ボールペンを握った。

〈ソノ様子ヲ見セテヤルカラ、早ク水槽ニ餌ヲマケ〉と読めた。しかし鉄砲魚は水草に隠れたままで、その気配さえ見せなかった。言語障害の慎吾はヨダレを垂らし、〈俺ヲ信ジロ、本当ダ！本当ダ！〉と叫んだ。どうやら慎吾は今、お国のために生命を捧げた戦時中の少年兵に戻っているらしい。

「魚は今、お腹がいっぱいなのよ……」

気の毒ではあるが、今は慰めるしか手はなかった。

〈水飛ばし〉は一種の狩りであるから、魚を空腹にすれば見れるかもしれない。そう思って餌の時間を遅らせたり、与えなかったりしたが無駄であった。仕方なくスマホで調べると、〈鉄砲魚は水中から草にとまった昆虫を見つけ、口に含んだ水をぴゅっと飛ばす〉と説明していた。

「餌ガ昆虫デハナイ」

ある日、慎吾がメモ帳を投げてきた。

ここまでされたら仕方がないと思って、昌子はハエを捕ることにした。別荘であるわが家にはハエがいないから、海ぞいのチリ収集場まで出かけて捕まえた。今度こそ〈水飛ばし〉が見られる。

そう思って草の葉にハエを止まらせてみたが、結果は同じであった。

「鉄砲魚はきっと……、あなたに甘えているんじゃないの？」

数日後、昌子は便秘マッサージをしながら言った。

慎吾はその頃、〈水飛ばし〉に熱中して、DVDには興味を示さなくなっていた。震える手をスカートの下に忍ばせ、指を男にして遊ぶこともしない。それでも〈鉄砲魚があなたに甘えている〉と言った昌子の言葉がよほど嬉しかったのか、声を出して泣いた。

＊　＊

数日後、とても嬉しいことがあった。

昌子のグッピーが産気づいたのだ。胸ビレから後の腹部が黒ずんできて、はち切れるほど大きくなっていた。こうなるとメスは水草の下で喘ぐだけで、もう普通の泳ぎはできなかった。尾ビレが小さく痙攣すると、グッピーの出産が始まった。

とても感動的な光景に思えた。

グッピーが力むと不思議、昌子の下腹も痛みはじめた。女性は子どもを強く欲しがると、〈想像妊娠〉をすると聞いたことがある。これが真実ならば、〈想像陣痛〉があってもいい。昌子は勝手にそう思って、助産婦みたいに〈そら頑張れ！　頑張れ！〉と言ってグッピーを励ました。

グッピーは孵化する魚ではない。

人間と同じように、腹ビレのつけ根から魚の形をした稚魚が〈ぽこっ〉と出てくる。正に〈ぽこっ〉という感じであり、くの字に曲がった稚魚が次々に出てきた。メスは三匹だから、出てきた稚魚は全部で十数匹になっていた。

出産が終わると同時に、昌子の〈想像陣痛〉も終わった。

新しい生命たちはしばらく水槽内の砂利の上に止まり、水の動きに身を任せていた。将来の生き方でも模索しているのかじっと考え、これだと決めると少しだけ動いた。まるで慎吾と同じであり、〈自分の居場所は自分で決める〉と思っているらしい。

しかし稚魚が浮遊した瞬間、大惨事が待っていた。

稚魚の近くを黒い物がすっと横切ったのだ。黄と黒の帯を巻いた鉄砲魚であったので、昌子は〈あっ！〉と叫んでいた。確かめるまでもなく、生まれたばかりの稚魚は姿を消していた。昌子は突然の悲嘆にくれて泣いたが、慎吾は違った。鉄砲魚が次々に稚魚を飲みこむのを見て、慎吾は奇声をあげて笑った。

＊　＊

それから数日後、慎吾の病状は急に悪化した。

〈わが子〉を鉄砲魚に食べられたのだ。昌子がその腹いせとして、慎吾を虐待したからではなかった。神に誓ってもいい。なぜか急に、慎吾の諸症状が悪化しはじめたのだ。医者は〈ご高齢のせいでしょう〉と診断したから、しばらく様子を見守ることになった。

その日も、慎吾をデイケアに出した。

水槽に人工飼料をまくと、グッピーの親たちが悲しそうに集まってきた。鉄砲魚はと見れば、〈こんな人工飼料など食えねえよ〉と言いたげに睨みつけ、水をしゅっと吹きかけてきた。水が北川に開けてもらったイヤリングの穴に当たるともう駄目。昌子は編み棒を握りしめ、〈こら！　こら！〉と言いながら鉄砲魚を突いた。

慎吾は昼過ぎに、施設の車で帰宅してきた。

例によって運転手に頼み、慎吾をベッドまで運んでもらった。病状が悪化したのだ、もう四点杖は使えない。運転手に手伝ってもらい、左右から慎吾の肩を支えるようにして運んだ。玄関から部屋に入ると、三人は崩れるように慎吾のベッドへ倒れた。

慎吾を寝かせた後、夜食の準備にかかった。

最近は夕暮れ時になると、涙が出るほど淋しくなる。その原因はグッピーの稚魚たちの突然死と、北川の変化にあったと思う。最近の北川は一定の距離を置きたがるというか、何となく逃げ腰である。〈早く慎吾と離婚せよ〉でもなく、〈早く慎吾を死なせて、老人医療センターの建設資金を貸してくれ〉でもない。

悶々と考えている時、聞き慣れない物音がした。

今はもう、北川が開けてくれたイヤリング用の耳音などどうでもいい。無視していると再度、物音がした。今度ははっきりと、慎吾の声だなと思った。今さら鉄砲魚の〈水飛ばし〉でもあるまいと思って部屋を覗くと、怒りに満ちた慎吾の目とぶつかった。

「オイ！　コレ、コレ！」

慎吾は水槽へ顎をしゃくって、叫ぶように言った。

水槽では気泡がぶくぶくと上るところで、何も変わったところはなかった。それでもよくよく見ると、何かが浮いていた。水泡が水面に達する直前、泡が左右に別れる場所がある。そこに黄と黒の帯を巻いた魚が二ひき、白い腹を見せて浮いていた。

「鼻上ゲデハナイ。死ンデイル！　目トロニ傷ガアル！」

慎吾は叫び、メモ帳を投げつけてきた。

かなり激怒しているらしい。手で魚をすくい上げる気なのか、懸命に立ち上がろうとした。だが残念というか気の毒というか、立つのが精いっぱいであった。震える手は鉄砲魚までは届かず、慎吾はベッドサイドに崩れるようにどっと倒れこんだ。

「殺シタノハオ前カ？　ナゼダ？　ナゼ、殺シタ？」

慎吾は急いで、メモ帳に走り書きをした。

何かを疑っているのか、目が発作時のように引きつっていた。慎吾に〈殺シタノハオ前カ？〉と聞かれた時、昌子は顔がこわ張るのを感じた。午前中、魚たちには何の異常もなかった。鉄砲魚だけに異常が起きたとしたら、原因は編み棒で突いたことしか思いつかないのだが……？

慎吾は〈オ前ダ！〉と指差し、胸にすがってきた。

今にこの指は〈男〉になり、私のスカートの中へ入ってくるのでは……？　そう思っただけで身震いがして、思わず慎吾の手を払いのけていた。誓ってもいい。あれは〈払いのけた〉であって、決して〈殴った〉ではなかった。しかし慎吾は大げさに倒れて、多量の汚物をげろげろと吐き始めていた。

㈢

「奥さん、もう結構です。どうせ作り話だから……」

芝木刑事は手を横に振り、昌子の話をさえぎった。

今日が三度目の事情聴取である。芝木は例の不恰好な八重歯をのぞかせ、薄笑いを浮かべている。いかにも自信あり気に見えるから一瞬、昌子は身構えてしまった。すると芝木は腕組みをして、〈ふむ……？〉と言って首を傾げた。

「奥さんの手が偶然、ご主人の顔に当たったと言いましたよね？　当たったのではなくて、殴ったんでしょう？　殴ったから吐いたわけで、発作のためではなかった……」

「それは違います！　汚物が偶然、気管に詰まったのです」

「なに、偶然？　それこそ嘘でしょう。あなたは五年間、ご主人に暴力を振るってきました」

芝木は例によって、〈でしょう？〉と言って顔を近づけた。

まるで〈殺人〉扱いである。確かに少子高齢化社会が進む現在、ＤＶ（＝家庭内暴力）は日本中に増えつつある。でも慎吾の場合、決してＤＶが原因ではなかった。〈証拠でもあるんですか？〉と反論しようと思った時、芝木が口を開いた。

「念のため……。奥さんは熱帯魚店の茶髪の若者をご存じですよね？」

芝木はくすっと笑った。

若者の茶髪が可笑しいのか？　家業の漁師は継がずに、サーフィンばかりしているのが可笑しいのかは不明。あの若者が初めて、〈熱帯魚はグッピーに始まり、グッピーに終わる〉という格言を教えてくれたと記憶するが……？

「鉄砲魚ですが……。なぜ鼻上げをしたんでしょうかねえ？」

話題はＤＶから、鉄砲魚へと変わったらしい。

「多分……、編み棒のせいだと思います。だって、だってよ。鉄砲魚は私のグッピーの赤ちゃんを食べたのよ！　その上、私の顔に水を吹きかけたの。だから腹がたって、つい編み棒で……」

「ほう、編み棒で鉄砲魚をねえ……。ひどい飼い主ですなあ」

「殺すつもりは全然なかったの……」

「全然なかった？　そんなことはないでしょう。あなたは今、鉄砲魚の死因は編み棒だと白状しました。それだって嘘です。これには自信があります」

刑事に自信があると言われ、昌子はさらに身構えた。

「ほら水替え、水替えですよ……。奥さんも残酷な人だねえ」

芝木は薄笑いを浮かべ、こちらの様子を窺っている。

「水替えで鉄砲魚が弱るのを待って、最後に編み棒でひと突き……」

芝木は言いつつ、玄関から庭へと出て行った。

今度は何で攻めるのだろうか？　芝木は壊れた車椅子には見向きもせず、桜の下にある物置の中へと入って行った。〈編み棒〉以外で、鉄砲魚を死なせた〈物的証拠〉などあるはずがない。昌子は無視することにした。

「奥さんが留守の間、この中を何回も調べました……」

物置の中から、芝木の声が聞こえてきた。

すると間もなく、〈あ、ありましたよ。奥さん〉という明るい声がした。芝木は物置の中から、水槽を重たそうに抱えて出てきた。次なる〈物的証拠〉は熱帯魚から、水槽へと変わったらしい。

「これが物的証拠であり、奥さんの致命的なミスです」

芝木は自信あり気に言って、水槽を濡れ縁に置いた。

少なくとも熱帯魚の飼育方法で、自分が〈致命的なミス〉をするはずがない。ここ数年間はくる日もくる日も、熱帯魚の世話をしてきた。熱帯魚に関する限り、自分は芝木よりもはるかに物知りだと思っている。

「奥さんは今まで……、グッピーと鉄砲魚は同じ水槽内で飼ったと言ってきました。これがね、致命的なミスの始まりです」

芝木はにっと笑い、昌子は目を閉じた。

論理が崩れるとしたら多分、編み物だろうと思っていた。最も安全だと信じていた熱帯魚の水槽に今、大きなヒビが入ろうとしている。解けはじめた編み物のように、全ての論理が崩れ去るのだろうか?

「私も人間魚雷と熱帯魚について……、少しだけ勉強しましたがね?」

芝木は眼前に広がる大海原を見ている。

終戦間ぎわの頃、この地に人間魚雷の基地があった。純粋な若者たちは愛国心に燃え、率先して自分の生命を祖国日本に捧げようとしたという。思い起こせばこれらは全て、ハワイでの新婚旅行の初夜、慎吾の腕の中で聞いたことである。

「覚えていますか？　私がグッピーは海水魚ですかと聞いた時、奥さんはそうだと答えましたよね？　あれが致命的なミスの始まりです」

芝木はじわっと追い詰めてきた。

勝つか敗けるかは奇しくも、戦争末期の〈人間魚雷〉と同じである。自分は慎吾という〈国〉を護るために五年間、全てを犠牲にして介護してきた。それでも日本が〈敗戦〉に終わったように、自分にも〈虐待死させた〉という罪が待っているのだろうか？

「グッピーは淡水魚ですが、鉄砲魚は海水魚ですよね？　だったら当然、両者を同じ水槽で飼うことは出来ない。従って、ご主人の鉄砲魚があなたのグッピーの稚魚を食べることもできない……。そうでしょ？」

芝木は止めを刺すように、語調を強めた。

「違います、絶対に違います！　鉄砲魚も同じ水槽内で飼えるんです。本当です！」

昌子も語調を強め、声高に反論した。

鉄砲魚は不可解な魚であって、淡水と海水とが混ざる水域で生息する。だから水槽内の水質さえ調整すれば、グッピーと一緒に飼うことができる。熱帯魚マニアなら誰でも知っているのに、芝木は勘違いをして〈致命的なミスだ〉と判断したらしい。

「だったら奥さんはなぜ、水槽を二つも買ったんですか？　一つで十分でしょう？」

気分を害したのか、芝木はすぐ反論してきた。

「実は最初……、私も知らなかったの。だから、二つ買ったんです」

これも事実であった。

例えば、重度の認知症患者がいたと仮定してみる。その老人が熱帯魚を飼いたいと言ったら多分、大方の家族は望み通りにするだろう。どんな熱帯魚を飼い、水槽や餌の代金はいくらかかるのか等、予想もしない勘違いや苦労がいっぱい待っているのだから。

「ま……、この件は専門家に聞いてみましょうかね。次に、ご近所の方の証言によりますと……」

芝木は再度、話題を変えた。

昌子はほっと安堵したが、期待はずれであった。先ほどは〈致命的なミスだ〉だと言って物置に入り、重い水槽を抱えて出てきた。しかし鉄砲魚がグッピーと同じ水槽でも飼えると分かると、いとも簡単に話題を変えるのだから。

「あなたは救急車を呼ぶ前に、鉄砲魚を埋めたそうですね？　逆でしょう。ご主人の生命が先であって、鉄砲魚の死骸など最後の最後でいいのです。あなたは汚物がご主人の喉に詰まるのを待つために、救急車を後回しにした……。そうでしょう？」

芝木は再度、覗きこんできた。

黙っていると、芝木は魚の死骸を見たいと言いはじめた。先ずグッピーを埋めた桜の下へ案内したが、小魚であるから何も残っていなかった。次は大きな鉄砲魚である。芝木はジャカランダの根元にそれらしい小骨を見つけると、大事そうにハンカチに包んだ。

「おいこら、鉄砲魚。お前はこの小母さんに殺されたんだぞ。嫌いな真水を飲まされ、弱ったところを編み棒でひと突きだ。可哀相になあ……」

芝木は小骨へ語りかけ、昌子は涙ぐんだ。

もし自分が本当に〈虐待死〉の犯人であるとしたら、老後介護をする全国の人はみんな〈殺人犯〉になるだろう。誰だって苦労のあまり〈鼻上げ〉状態になり、誰だって〈早く死んでくれ〉と思う時があるのだから……。

「北川も今、署で取り調べ中です……」

芝木は言いかけ、なぜか間をおいた。

北川と聞いただけで心が高鳴るのに、芝木はなぜか黙っている。二人の逢瀬は決まっていて、場所はここ人間魚雷基地のある近くであった。二人がいくら愛しあっても、それは社会通念に反する不倫である。芝木は多分、そう言いたくて黙っているのだろうか?

「北川と奥さんとの関係だがね……、ついに奥方にバレたそうですよ」

昌子は一瞬、頭を何かで殴られたと思った。

だから最近、北川は不可解な態度をとるのだ。慎吾が死んだ今、生命保険金は自由に医療センターの建設資金に使えるのに、その要求はしない。編み物も同じである。今まで北川のために根気よく編んできたのに、今のひと言で完全に解けてしまった。

「では今から、署までご同行願いましょうかね？」

芝木が合図するとすぐ、パトカーが近づいてきた。

どうやら最初から、任意同行は決まっていたらしい。今さら拒絶しても多分、受け入れてはくれないだろう。昌子は観念して、手早く服装などの身仕度をした。ドアが閉まると同時に、車は亜熱帯植物の花々が咲き乱れる急坂を下りはじめた。

「断っておきますが……、まだ有罪と決まった訳ではありません。今後は北川との関係とか、ご主人の死亡診断書や淡水魚と海水魚の飼育方法など……。これらを詳細に調べてみましょう」

昌子はそれには答えず、パトカーに乗りこんだ。

車は急勾配の坂道を曲がるたびに、〈テーッ！　テーッ！〉という奇妙なブレーキ音をたてた。すると不思議。浜辺に打ち寄せる波は年若い少年兵の姿に変身し、〈テーッ！　テーッ！〉と叫びながら発射訓練をし始めた。昌子は少年兵らが戦っている敵は米軍ではなくて、今の日本が抱えている〈少子高齢化社会〉であってほしいと思った。

ラジオ・ドラマ

幻聴

（効果　クツの音。ゆっくり近づいて止まる）

ナレーション　こんにちは、またお会いしましたね。最近、〈社会の変化が早すぎる〉と思ったことありせんか？　早すぎて、時として理解できない場合だってありますよね。そこで今日は、問題になっている〈少子高齢化社会〉について、あなたと一緒に考えてみましょう。さて、先ずは音楽からどうぞ。

（効果　テレビからポップスが流れ、テレビ・ニュースへと代わる）

アナウンサー　国立人口問題研究所の発表によりますと、二〇四五年度のわが国の人口は大幅な減少が見込まれております。本県の場合、百万を二十万近くも割りこみ、約八十二万人まで減少します。また年齢別に見てみますと、六十五歳以上の高齢者の割合は急激に増加をしつづけます。反対に、次の世代を担《にな》うはずの十四歳以下の人口は減少の一途《いっと》をたどって……。

女1　暗い内容だから、テレビは消すわね。
男A　ふむ、暗い内容だね……。驚いただろう？　突然、押し掛けてきたから。
女1　そうね。最初は用心のため、ドアは開けまいと思ったの。でも私、バアちゃんになった今でも水商売をしているでしょう？　だから、お客さんが訪ねてきたのかなとも思って……。
男A　悪い悪い。周りはみんな年寄りばかりで……、つい淋しくなってね。
女1　私も今夜、気分が悪くて店は休んだの。でも今は平気、ゆっくりなさってね。
男A　年寄りが一人家にいると、ロクなことは考えない。だんだん息苦しくなってね、つい死にそうになって……。
女1　奥さまが死なれて、何年かしら？
男A　もう五年になるよ……。狭い部屋で毎日、静江の位牌《いはい》と向き合っているんだ。すると静江がオレをじっと見つめて、話し掛けてくるんだ。
女1　へええ、どんなことを話すの？
男A　話すというより……、呻《うめ》くように〈苦しい！〉って言うだけさ。
女1　きっと長い看病と葬式で、お疲れになったのよ。私、となりに住んでいながら、何のお手伝いもできずに……。
男A　オレなんか、他人のお世話になる義理などないさ。

女1　奥さまは確か……、多発性のガンでしたよね？
男A　そう。最初は乳ガンだったけど、だんだん他の臓器へと転移してね……。死ぬ時は生まれ故郷がいいと言うから、わざわざ都会から連れ帰ったんだ。でも故郷は専門医は少ないし……。死ぬ時、ずいぶん苦しんでね。
女1　お子さまは二人とも、東京でしたよね？
男A　そうなんだ。実は子どもは四人生まれたけど、二人は死産でね。後の二人が今、都会に残ってるよ……。二人とも五十を過ぎてるけど、まだ結婚していない。自分のことばかり考えて、日本の行く末など全く考えてないよ……。
女1　あなたは今後、どうなさるの？
男A　どうもこうもないサ……。若い頃はガムシャラでね、ただ懸命に生きてきたよ。
女1　静江に死なれた今はただ、歳を取るばかりでね……。
女1　私も夫を亡くしてるから、その気持ちはよく分かるわ……。実は私にも子どもが三人いるんだけど……。一人はまだシングルで、一人は離婚してるわ。
男A　ふむ……、どこも同じだね。日本の将来は今後、どうなるんだろうね？　実はオレが都会へ出る時……、夜逃げ同然だったんだ……。そう、オレは故郷を見捨てたんだ。オレは本当に駄目な男で……、罰当たりなんだ！

女1　あの頃はみんな、同じだったのよ。あまり自分を責めない方がいいわ。
男A　気休めなどいらんよ！
女1　ねえ。ここでしばらく、休んでいったら？
男A　オレは本当に利己的で、駄目な男なんだ！
女1　一寸《ちょっと》あんた、どこへ行くの？
男A　静江を探すんだ！
女1　私も用事があるから、一緒に出るわ。ねえ、一寸待ってよ！（独白で）変な人ね。奥さまは五年前に死んだのだから、いくら探しても見つからないのに……。

（効果　ドアの閉まる音。車のエンジン音の中に、ジャズ音楽が聞こえる）

女1　ねえ、今からどこへ行くの？
男A　分からん。とにかく静江を探すんだ。
女1　ねえ私と……、何か面白いことしましょうか？
男A　お前はバカか？　今の日本にはな、面白いことなど何も残ってないよ！　全てが刹那《せつな》的で、受け身の楽しみしか残ってないのだから……。
女1　それ、どういう意味？

男A　各人同様の楽しみで、紋《もん》切り型のスタンダード版だってこと。

（**効果**　男の楽しげな口笛）

女1　ねえ、今も死んだ奥さまを愛してるの？
男A　ああ多分、今もね。
女1　でも、死んでるんでしょう？
男A　ある人類学者は言ってるよ。人類は猿から分化して以来ずっと、〈ここでない別の場所を求めて〉地球の隅々まで拡散したってね。オレだって、その人類の一人なんだ。だから静江と一緒に、〈ここでない別の場所を求めて〉故郷を捨てたんだ。しかし今は時々……、〈オレは間違ってたのでは？〉と思うんだ。
女1　私には少し、難しすぎるわ。あんたは理屈っぽいけど……、本当は優しいのね。
男A　こら、しがみつくな。こっちは車を運転してるんだ。
女1　バカねえ。
男A　ああ、オレはバカな男だ。単細胞で、いつも短絡的にしか考えられない。
女1　そうじゃなくて、鈍感だってこと……。女の私が誘ってるのよ。
男A　今のオレは静江を探すこと以外に、何も興味などない！

女1　ねえ、本当に私が欲しくないの？　じゃ私、ここで車を降りるわ。ねえ、本当に私が欲しくないの？　ねえ、なぜ？　私がバアちゃんだから？　ねえ、なぜ？

（**効果**　女の声とエンジンの音はだんだん強くなり、最高に達する）

静江　（エコーで）　あなた、苦しい！

男A　あ、静江だ！　あれは確か、最初の子どもが死産であった若い頃の声だ……。苦しいのかい、静江？　頑張れよ。次はきっと……、元気な赤ん坊が生まれるさ。だから静江、諦めずに頑張るんだ！

（**効果**　クツの音。ゆっくり近づいて止まる）

ナレーション　何だか少し、ややこしくなってきましたね。主人公が生まれたのはどうやら、戦後間もない頃のようですね。当時の日本人はみんな、極端に貧しかった。しかし外地や内地からの若い復員兵が六百万人以上。他にも朝鮮、満州、台湾などからの引揚者がなんと約六百万人もいたのです。すると年間、二百万人以上もの子どもが生まれました。これが〈第一次ベビー・ブーム〉とか〈団塊の世代〉と言われている現象ですよね。ではここで、当時の学校の様子を少しだけ覗《のぞ》いてみましょうか。

（効果　教室内での、児童の歓声やざわめきなど）

先生　はいはい、静かに、みんな静かに。先ほど食べたお料理、美味しいと思った人は手を挙げて……？

はい、いいです。みんな美味しいと思ったみたいだね。

児童1　先生、こんなに美味しいもの、誰が作ったの？

先生　あれはね、アメリカの兵隊さんが恵んで下さったのよ。だってみんなは毎日、サツマイモや麦のお粥《かゆ》しか食べてないでしょう。だからうんと食べて、立派な大人になって欲しいんだって。

児童2　先生、はいはい。あのお菓子と、甘酒みたいな飲み物の名前は何なの？　あんなに美味しいもの、ボクは生まれて初めて食べました。

先生　よかったわね。実は先生もまだ、本当の名前は知らないの。たぶん……、パンか粉ミルクだと思うけど。

児童1　先生、はいはい……。戦争中のアメリカ軍は恐ろしい〈鬼畜米英〉だったのに、どうして急に優しくなったの？

先生　さあ、どうしてでしょうね？　難しいことは先生にも分かりません……。あ、忘れるところだった。明日は月に一度、ＤＤＴ（＝殺虫剤）を散布する日です。みなさんの身体には、ノミやシラミがいっぱいわいています。明日はそのノミやシラミを退治するため、頭や背中に白いＤＤＴを散布します。いいわね？

（**効果**　戦闘機の音、弾丸飛来の音、爆発音など。だんだん強くなっていく）

静江　（エコーで）　あなた、苦しい！

男Ａ　（独白で）　確かオレが小学低学年の頃、朝鮮動乱が始まったよなあ。皮肉なことだけど……、朝鮮動乱があったお陰《かげ》で日本経済が少しだけ回復した。日本が国連軍の軍事基地になったので、〈特需〉という言葉が使われるほど多量の戦時物資が必要になった。その結果、日本経済は戦前の水準をはるかに上まわり、貧乏であったわが家にも中古の自転車が入ってきた。あの時の嬉しさは今でも、忘れられないよなあ……。ラジオも同じだった。昭和二十七年に日本がアメリカから独立した頃、あの有名なラジオ・ドラマ「君の名は」をわが家のラジオで聞いたのだから。結局のところ、隣国で戦争があったお陰だったのだ……。

（**効果**　戦闘機の音、弾丸飛来の音、爆発音など。だんだん強くなっていく）

静江　（エコーで）あなた、苦しい！

（**効果**　汽車の中。車輪の音や汽笛など）

男A　もう泣くのはよせ。オレたちの楽しい門出じゃないか。

静江　だって私は身体が弱いから、二人目の赤ちゃんも死産で……。

男A　だったら、次を産めばいいいサ……。オレたちは決して、故郷を捨てるために夜逃げをしているんじゃないぞ。人類の末裔《まつえい》として、ただ〈ここでない別の場所を求めている〉だけなんだ……。さあ、涙をふいて。

静江　私たち本当に、幸せになれるのかしら？

男A　バカ、幸せになれるに決まってるよ。地方にいたら幸せにはなれないから、〈ここでない別の場所を求めて〉都会へ出るんだから。

静江　私は身体が弱いけど、本当に幸せになれるの？

男A　なれる。オレが責任をもって、お前を守ってみせる。

静江　そうなればいいけど、私……、心配だわ。ねえ、都会にはまだ……、私たちが幸せになれる余地が残ってるの？

男A　残ってるサ。万が一残ってなくても、オレが必ず探し出してやる。

静江　私は身体が弱いから、元気な赤ちゃんを産めるのか心配なの……。ねえ、本当に大丈夫よね？

男A　そう、大丈夫だ。いいか、忘れるな。オレはお前を妻として選び、都会へ出ようと誘ったんだ。だったら当然……、オレにはお前を守る責任と義務がある。

静江　ねえ、三人目の赤ちゃんは大丈夫よね？　私はただただ、元気な赤ちゃんが産めるのか心配なの。ねえ、私の赤ちゃんは、赤ちゃんは、赤ちゃんは……。

（**効果**　二人の会話は汽車の車輪、汽笛の音とともに大きくなる）

静江　（エコーで）　あなた、苦しい！

（**効果**　雑踏〈井沢八郎の「ああ上野駅」の歌や、若者たちの歓声など〉）

男A　（独白で）　あの頃の若者はみんな、都会へ出たがっていたよなあ……。別名を〈就職列車〉とも言われた急行「高千穂」に乗って、約三十時間をかけてやっと東京にたどり着いた。東北や北海道の若者は上野駅で下車したけど、オレたちは東京駅で下車した。ただただ豊かな生活に憧れ、〈ここでない別の場所〉が東京であったに過ぎないのに……。ああ、それにしても都会には人が多いなあ！

（効果　雑踏の音。だんだん強くなり、急に弱くなる

行商1　さあ、いらっしゃい、いらっしゃい。新鮮な魚だよ。放射能も有機水銀も含まれていない捕りたての魚だよ。これを食べれば、乳ガンだってけろりと治るね。

行商2　アイス・クリーム、アイス・クリーム、温かいアイス・クリーム。さあ、温かいアイス・クリームはいかが？

行商3　さあさあ、どうですか。見合い、商談、旅行に就職、何でも解決するね。未来、現在、過去を問わず、悩みごとは全て、私のこのレンズが解決してくれるよ。さあ、そこのダンナ。顔が少し冴《さ》えないけど、何か悩み事でもあるのかい？

男A　静江のこと……、分かるかい？

行商3　静江って？

男A　病気がちな女房のことだ。

行商3　ほう、なるほど病弱の奥さんねえ……。で、何を知りたいんで？

男A　静江は今後、子どもを何人産めるんだい？

行商3　どれどれ……。なるほど、そうですか。奥さんは将来、子どもさんを十人は産みますなあ。
いや、それ以上かもしれない。
男A　なに十人！　それ本当か？
行商3　本当ですとも。一族の繁栄はね、子どもの出生から始まるんです。
（**音楽**　男性合唱（だんだん早く、強くなっていく）
イザナギ景気、東京タワー、日本頑張れ、ヤッヤッ　タタタッ
東京五輪、沖縄返還、日本頑張れ、ヤッヤッ　タタタッ）
静江　（エコーで）　あなた、苦しい！
男A　でたらめ言うな、このインチキ野郎が！
（**効果**　屋台がガラガラとくずれる音）
行商3　ナ、何をするんだ！　冗談の分からぬ田舎者めが、タク！
（**効果**　走り去るクツ音。代わりに、赤ん坊の泣き声が聞こえてくる）

静江　ああ、よしよし。オッパイがほしいのね。
男A　（独白で）いや、違うね。この子はオッパイがほしいのではなくて多分、ガンに冒《おか》された静江のオッパイが恐いのでは……？
（効果　赤ん坊の泣き声強くなる）
静江　ああ、よしよし。オムツがむず痒《かゆ》いのね。
男A　（独白で）いや、違うね。この子は多分、日本の将来が不安になって、火がついたように泣いているのでは……？
（効果　赤ん坊の泣き声が強くなり、入れ代わるように讃美歌の声）
牧師　さあ皆さん、神を信じましょう。信じる者だけが救われるのです。
男A　……ねえ、牧師さん。妻は将来、健康になれるでしょうか？
牧師　神を信じてください。機械だけを信じる者には必ず、それ相応の罰が待っているでしょう。何もかも忘れて、ただただ神を信じましょう。
（効果　讃美歌の声強くなる）

牧師　宗教はいつの時代でも、貧困や苦難と戦ってきました。だから人々は心の安穏を求め、神に縋《すが》ろうとしたのです。現代人もまた、同じような苦況に立っています。だから科学至上主義だけではなくて、心の安穏こそ大切なのです。例えば……、お隣に座っている人の顔をよく見てください。ほらね？　まるでゴール前のマラソン選手みたいに、顎を上げて喘《あえ》いでいるでしょう？

（**効果**　讃美歌の声が大きくなり、ピークに達する）

静江　（エコーで）　あなた、苦しい！

男A　なるほど……。牧師が言うように、憧れの都会生活もそう簡単ではなかったよなあ……。しかしオレにだって、幸せな時期があったのだ。あれは、都会へ出た後、念願の二人の子どもが無事に成長した頃であったと記憶するが……。

（**効果**　ブランコの音に、小柳ルミ子の「瀬戸の花嫁」の歌が重なっていく）

息子　ねえ、ママはなぜパパと結婚したの？

静江　そうよねえ、多分……。パパがママを愛してくれたからよ。
娘　愛し合ったら、必ず結婚しないといけないの？
男A　必ずってことはないけど。でもパパは絶対……、ママを幸せにすると信じてた。
息子　ねえ、パパはどうして……、夜は遅く帰ってくるの？
静江　お金をいっぱい稼ぐため、残業をしているのよ。
娘　ねえ、パパはどこで、どんな仕事をしているの？
男A　町工場でね……、車の部品を作ってるんだ。
息子　ねえ。ママはどうして、いつも病院へ行くの？
静江　ごめんね……。ママは小さい頃から、身体が弱かったの。
息子　病気になったら、お金がかかるの？
男A　そうだよ。入院費や薬代が必要だろう？　だからパパは毎日、夜おそくまで働いているんだ。
娘　私はピアノが欲しいんだけど……、いつ買ってくれるの？
息子　ぼくはカラー・テレビを買ってほしい。
男A　そのうち必ず、パパが買ってやるさ。
娘　ねえ、〈家つき〉、〈カーつき〉、〈ババ抜き〉って、何のこと？
静江　あ、それね……。最近の娘さんがね、結婚してもいいと思う条件のことよ。最初の〈家つき〉は住むべき自分の家があること、〈カーつき〉は自家用車があること。最後の〈ババ抜き〉は姑《しゅうとめ》さんとは一緒に住みたくないって意味よ。

男A　それでパパには……、その条件が揃《そろ》ってたの？

娘　故郷に残っていたら多分、無理だったと思うよ。

静江　だから結局……、パパとママは故郷を捨てたのね？

息子　変なこと言わないでよ。捨てたんじゃなくて、幸せになりたかっただけよ……。

娘　ねえ、ママの病気はいつ治るの？

男A　ねえ、ママはいつか死ぬの？

　　人は生まれたら必ず、死ぬんだ。でもパパが必ず、ママを守ってみせる。お前たちが立派な大人になるまでは絶対に……、ママは死なせないからね。

息子　ママは本当に死なないの？　ねえ、カラー・テレビはいつ買ってくれるの？

娘　ねえ、ピアノはいついつ買ってくれるの。ねえ、ママは本当に死なないの？

（効果　子どもたちの声は強くなり、ブランコの音と重なっていく）

（効果　静江の〈あなた、苦しい！〉の後、クツの音。ゆっくり近づいて止まる）

ナレーション　この時期は〈バブル景気〉とか、〈イザナキ景気〉とか呼ばれた頃ですよね？　終戦から二十数年が経過していますから、子どもたちが結婚適齢期に入る頃でもあります。ですからこの時期を〈第二次ベビー・ブーム〉とか、〈団塊ジュニア〉とも呼びました。ここまでだったら、あなたも認めていただけると思います。しかしある統計によりますと、〈団塊の世代〉にはなぜか田舎育ちが多く、〈団塊ジュニア〉には都会育ちが多いと言われています。主人公の悩みはこの一点に絞られているようですね。では今少し、様子を見守ってみましょう。

（**効果**　ＮＨＫの時報を報せる音）

アナウンサー　サイゴンの加藤特派員が十二日に知らせてきた報告によりますと、南ベトナム国家警察をはじめ、アメリカ政府軍の厳戒態勢下のサイゴン市と首都圏ジアディン省内で、十一日夜から十二日朝にかけて爆破事件が五件、武装衝突が一件、テロ砲撃が一件、それぞれ発生し、市民七人が死亡、十八人が負傷した模様です。また同夜はダナンの……

（**効果**　機関銃の音、弾丸飛来の音、爆発音など。だんだん強くなっていく）

静江　（エコーで）　あなた、苦しい！

男Ａ　あの頃はベトナム戦争や沖縄返還などがあり、政治活動も盛んだったよなあ……。〈イザナギ景気〉だと言われて日本中が輝いていたけど、不合理なことも多々あった。〈日本列島改造論〉の名の下で、日本中にたくさんのダムや橋が作られた。でも一方では、〈開発という名の自然破壊である〉という反対意見もあった。どうやらオレたち人類はこの時期、〈自然に順応する生き物〉から、〈自然を人類に従わせる生き物〉へと変身したのだと思う。

学生　そう、その通りなのです！　これこそが帝国主義的軍事国家の常套手段であり、これこそが戦争という名の大量破壊なのです！　われわれ学生は今こそ、この現実から顔を背《そむ》けてはなりません！　われわれは絶対に、国家権力によって捏造《ねつぞう》されたベルト・コンベアーに乗るべきではないのです！

（**効果**　拍手と学生たちの歓声。笛の音、〈ワッショイ、ワッショイ！〉などが入り交じって最高に達する）

静江　（エコーで）　あなた、苦しい！

男Ａ　あ、静江だ！　あの声は何度目の入院であり、何度目の手術の頃だったのだろうか？　お前は今どこにいて、何をしているんだい？

（**効果**　病院内の静けさを示す秒針の音や、患者を呼び出すアナウンスなど）

男Ａ　妻は今日も苦しがっています。ねえ、先生。お願いですから妻を助けてください。この病気、今の医学では本当に治らないのでしょうか？

医者　いいえ決して……、そんなことはありません。最近の医学では……、〈キュア（ｃｕｒｅ＝治療）よりもケアー（ｃａｒｅ＝改善や予防）〉という言葉がよく使われています。お宅の奥さんの場合……、〈キュア〉とは抗ガン剤や放射線治療などのことです。治療も大切ですけど……、残された時間を快適に過ごさせることもまた大切なのです。患者さんの痛みを軽減しつつ、その痛みや苦しみを患者さんと共有することも大切ですよね？　今後は当院と力を合わせて……、奥様の〈ケアー〉を中心にやっていきましょうかね。

男Ａ　（独白で）……ってことは、静江はもう助からないってことだ。ああ、せっかく幸せを求めて、駆け落ち同然で都会へ出てきたのに！　今後はただ、静江の最期を看《み》とどけることがオレの仕事なのか？　……でも静江、心配するな。オレは最期まで、お前の〈ケアー〉をするからな……。

静江　（エコーで）あなた、苦しい！

（**効果**　役所内。時々、人を呼び出すスピーカーの声など）

静江　ねえ、考えてみてよ。私たち……、もう離婚してもいい頃じゃない？　だって私はいつも病気がちで、あなたに苦労ばかりかけてきたし……。

男A　何を言ってるんだ。オレたちは最初から、苦労を覚悟の上で生きてきたんだよ？

静江　男の人には分からないと思うけど……。私は妻として母親として、何もできなかったわ。妻と母親の失格者なのよ。だから私はもう……。

男A　バカ、言うんじゃないよ。あの二人の子どもはお前だけのものではなくて、オレの子どもでもあるんだ。

静江　私よりも若くて、健康な女性はいくらでもいるでしょう？……。その方と再婚したら多分、あなたや子どもたちも……。

男A　バカなこと言うな！　オレは離婚など、絶対に認めないからな。考えてくれよ。オレたちは若い頃、夜逃げ同然で都会へ出てきたんだぜ。そのオレがお前の病気を理由に、離婚などできる訳がないよ。

静江　でも私……。いつも病気だから、妻としても母親としても……。

職員　あの、恐れ入りますが……。離婚の書類はお出しになるのですか、それとも提出しないのですか？

静江　出します、出します。でも少し……、待ってくださいね。

男A　いいえ、私は絶対に出しません！　書類を出したが最後、私たち夫婦の今までの人生は〈無かったこと〉になります。

職員　ああ、困りましたわね……。最近の統計によりますと、三組が結婚をしても一組は離婚しています。原因はいろいろあるようです。日本は戦後、あまりにも急速に経済大国になり過ぎました。すると男女間の生活意識がマッチしなくなり、それが離婚へつながるのではないかと……？

静江　（エコー）あなた、苦しい！

（効果　クツの音。ゆっくり近づいて止まる）

ナレーション　大変なことになったようですね……。さてっと、現在はあの〈第二次ベビー・ブーム〉の頃から、約四十年以上が過ぎています。別の言い方をしますと、当時生まれた子どもたちが結婚適齢期をずっと過ぎていることになります。でも残念。現状は〈第三次ベビー・ブーム〉には至らず、本日のテーマ〈少子高齢化時代〉に突入しています。そこでまことに突然ですが……、ここからテーマを〈日本の将来〉に変えて考えてみましょう……。ある研究によりますと、スギ花粉の飛散量と〈少子高齢化〉にはある類似点があるそうです。主人公は少年時代、あの苛酷を極めた終戦当時の貧困を体験しましたよね。少年はスギみたいに身の危険を感じて、〈オレは絶対に生き残るぞ！〉と強く思ったはずです。今の子どもたちは恵まれていますから、想像もできないでしょうね。それらを頭に入れて、主人公の二人の子どもを例に〈少子高齢化〉について考えてみましょうかね。

（**効果**　病院内の静けさを示す秒針の音、患者を呼び出すアナウンスなど）

静江　（弱々しく）二人とも、お見舞いをありがとうね。母さん……、病気ばかりしてゴメンね……。あんたたちは今、何歳《いくつ》になったの？

息子　オレは今、四十五だよ。

娘　私は〈アラフォー〉。分かる？　四十ぐらいという意味よ。

静江　二人とも、四十歳になってたの。時が経《た》つのは早いのねえ……。ところで、あんたたち、結婚はまだなの？　母さん、生きているうちに孫の顔が見たいの。ねえ本当に、誰もいい人はいないの？

息子　今までに……、好きになった女性は何人かいたよ。でもオレ……、母さんに似て身体が弱いだろう？　だから結婚しても……、家族を養っていく自信などないんだ。それに一人暮らしの方が……、ずっと気楽だもんね。

娘　私だって、好きな男性は何人もいたわ。でもさあ……、結婚すると気ままな生活ができなくなるでしょう？　私は面倒な家庭生活に縛《しば》られるよりも、身軽な独身生活を楽しみたいわ。

静江　分かった、分かった、もうこの話は止めて！（弱々しく咳きこむ）　あなたたちが結婚しないから、日本は年寄りの国になったのよ。母さんは……、父さんと一緒に生きるために、夜逃げ同然で都会へ出てきたのよ。（また弱々しく咳きこむ）

娘　ほらほら。母さん病気なのだから、気をつけてよ……。でもその話、今まで何度も聞かされたわね。ねえ母さん……、父さんとの結婚を後悔してないの？

息子　そうだよ。母さんは病気だったのだから、結婚よりも治療の方が先決だよ。オレだったら多分、面倒くさい〈愛〉と〈生命の大切さ〉とを天秤にかけるね。正解は間違いなく、〈生命の大切さ〉の方だよね？　母さんは無理して夜逃げなどをしたから、今でも病気で苦しんでいるのさ……。

息子と娘　（二人一緒に、「夜逃げと恋愛、夜逃げと病気」と言って、ゲラゲラと笑う）

静江　（エコー）　あなた、苦しい！

（**効果**　ＮＨＫの時報を報せる音）

アナウンサー　今年もまた、スギ花粉の飛散する季節になりました。ある調査によりますと、今世紀になって以降、スギ花粉の飛散量は驚異的に増えているそうです。その原因として、林業の低迷や地球温暖化などの異常気象が考えられています。気候が異常に変動しますと、スギは本能的に身の危険を感知します。自分の種を維持するためには、より多くの花粉を飛散させる以外ありません。今年の飛散量は極端に多いそうですから、外出する時は必ずマスクなどを……。

男Ａ　（独白で）　人類が今後も繁栄するには工業科学化は不可欠であり、工業科学化を進めると地球温暖化などの弊害は避けられない……。でもスギの花粉って、イヤだよなあ……。イヤだったら今後、オレたちはどうすればいいのだろう？

アナウンサー　なかなかの難問ですね……。実は他にも、驚くべき事実が報告されています。あなたは地球的規模で、〈オスのメス化現象〉が進んでいるのをご存じですか？　私たちの周囲には、正常な生殖を乱す十万もの化学物質が存在するそうです。すでにネズミや魚貝類などで、その影響が確認されています。〈オスがメスに変化する現象〉のことです。例えばオスの生殖器が異常に小さくなったり、大切な睾丸が用をなさなくなったり……。

男A　（独白で）知るかよ、そんなこと……。その〈オスのメス化現象〉って、下等動物だけのことだろう？　オレたち人類は生態系の頂点にいるんだぜ。そんな〈オスのメス化現象〉など起こりっこないよ、タク！

アナウンサー　そうだと、いいんですがね……。スギだって命懸けなのです。敏感に気候変動を察知して、どうしたら子孫を残せるのかを真剣に模索します。あなたたち団塊の世代が体験したあの戦後の〈食糧難〉と、最近の〈地球温暖化〉はどこか似ているとは思いませんか？スギも多分、同じことを考えていると思いますよ。生き物は種の危機を察知しますと、本能的に子どもをいっぱい残そうと模索します。私は専門家ではありませんが多分、各自の体内に埋めこまれている遺伝子がそうさせるのだと思いますがね……。

男A　（独白で）笑わせるな、タク！　オレたち団塊の世代は結局……、戦後の食糧難で苦労したから、子どもがいっぱい生まれたとでも言いたいのかい？

アナウンサー　そう、全くその通りです。ほら、〈草食系男子〉という言葉ご存じですよね？　あれって、結婚をしたがらない若者のことですよね。十数年前の流行語になり、映画化もされました。解説書には、〈女性をがつがつと求めない優しい男性〉とあります。最近は〈草食系女子〉も増えたそうですね？　だから今後、〈日本の少子高齢化現象〉はますます進むと予想されてるようです。

男A　黙れ、黙れ！　だったらオレの四十歳を超えた息子と娘も、同じ〈草食系〉であるって意味かい？

アナウンサー　もし気分を害されたら、深くお詫びいたします。私はただ事実として、知ってほしいだけです。地球の人口は現在、約八十億ですが、今世紀中には百億を超すと予想されています。ここで、忘れてならないことが一つあります。それは人口が急増しているのは先進国ではなくて、食糧難に苦しむ発展途上国だってことです。

男A　もういい、分かった！　……タク、もう！　日本は現在、念願の経済大国になったけど、その代償として深刻な人口減少に悩んでいると言いたいのかい？　今となってはもう、人口を増やす方法はないのか……？　いや、あるある！　戦後の食糧難時代へ逆戻りするか、各自の体内に埋めこまれているその遺伝子情報を操作するか、解決策は二つに一つだ……。

静江　（エコー）　あなた、苦しい！

（**効果**　クツの音。ゆっくり近づいて止まる）

ナレーション　いやあ、今回の〈少子高齢化問題〉、なかなかの難問ですね。もし地球の人口が百億を超えた場合、最大の関心事はその頃まで日本が存続しているか否かでしょうね……。百億人を超えますと当然、食糧や燃料を奪いあう戦争が起こるでしょう。日本の人口は極端に減っているでしょうから多分、国として成り立たないかもしれません。その時は潔《いさぎよ》く滅びるか、月か火星へ脱出するか、道は二つに一つでしょう……。あ、主人公が来たようです。まだ、死んだ妻を探しているようですねえ。

（**効果**　雑踏と自動車の警笛など）

警官　何かご用ですか？　突っ立ってないで、中に入りなさい。

男A　お巡りさん、私には奇妙な声が聞こえるんです。ねえ、じっと耳を澄《す》ましてください。

静江　（エコー）　あなた、苦しい！

男A　……ほらね、聞こえたでしょう？　女の悲鳴です。

警官　いいえ、私には何にも聞こえませんが……。

男A　あの声こそが、社会の隅っこで懸命に助けを求め、泣き叫んでいる悲鳴です。心ある人なら誰でも、よく聞こえるはずです。

警官　私は〈心ある人〉じゃないのかな……、何にも聞こえないよ。

男A　ああ、じれったいな！　いいですか、ただ耳を澄ますだけでいいのです。ほらね、聞こえたでしょう？

警官　いや、何にも。

男A　お巡りさん、私をからかってる！

警官　からかってるのは私じゃなくて、あんたの方だろう、……タク。

男A　じゃ、もう一回。いいですか？　じっと耳を澄まして……。

（**効果**　突然、電話の音。だんだん強くなっていく）

静江　（エコー）　あなた、苦しい！

男A　ほら、聞こえたでしょう！　あれです。あれこそが、助けを求めている庶民の悲鳴です。早く、早く何とかしてください！

警官　（独白で）ふむ、この男……。後期高齢者のようだから、ボケでも入ったのだろう。……タク、こっちは忙しいのだ、お前の相手などしておれないよ。（普通の会話で）あ、もしもし、こちらは……。なに、強盗が入った？

（効果　雑踏の中、パトカーが通過する音）

男A　人の安心・安全を守るのが警察の役目なのに、この警官は何にも分かってない。もし〈少子高齢化〉がこのまま進むと仮定しら、日本は間違いなく消滅するというのに……。

牧師　いいえ神様を信じれば、日本は絶対に消滅などしません。全てを否定的に考えてはいけません。信じる者には必ず、神のご加護があるのです。さあ、みなさん。ご一緒に、神にお祈りをしましょう。

（効果　聖歌の中に、人工衛星との交信。その後、歓声と拍手など）

科学者　人類は生態系の頂点にいますし、宇宙は無限大に広いのです。もう少し肯定的に考えて、科学を信じましょう。私たち科学者が必ず、日本の素晴らしい未来を切り開いてみせます。

男A　でも静江は死んだんだぞ！　人類はまだ、ガンを征服してないじゃないか！　オレの子どもたちは四十歳を超したのに、まだ孫の顔も見せてくれない。なぜだ、なぜなんだ！

科学者　大丈夫です、大丈夫。ｉＰＳ細胞のこと、ご存じですよね？　男女夫婦の細胞がありさえすれば、子どもは簡単に作れます。子育てだって同じです。今後は全てをロボットに任せますから、面倒な子育てなどいっさい不要になります。

男A　そんなバカな！　植物であろうと動物であろうと、全ての生き物はただ、自分の種を残すために懸命に生きてきたのだ。しかし日本人だけが結婚を嫌がり、日本人だけが子育てを嫌がっている……。

静江　（エコーで明るく）　でもあなた。もう、大丈夫なのよ。

男A　あ、静江だ！　でもなぜお前、〈苦しい！〉と言わないのだい？　ねえ静江、もう苦しくはないのかい？

静江　（エコーで）　もう全然、平気よ。だって私は今、孫の顔を見てるのよ。それにね……、あの死産であった二人の赤ちゃんにも会えたのよ。ホホホホ……。

男A　なに、オレの孫や死産であった二人の赤ん坊にも会ったたって？

静江　（エコーで）　ええ、そうよ。あなたもいい歳なのだから、早くこちらへ見にいらっしゃいよ。さあ、早く早く。ホホホホ……。

（**効果**　雑踏。自動車の警笛など）

警官　あ、また先ほどのボケ老人だ、タク……。今度は何のご用ですか？

男Ａ　お巡りさん、いい報せです。私には今、新しい声が聞こえるようになりました。ねえ、じっと耳を澄ましてください……。ほらね。あれが死産であった赤ん坊二人と、まだ生まれていない孫たちの声です。

（**効果**　幼児たちの歓声と赤ん坊の泣き声など）

静江　（エコーで）そうよ、これがロボットが育てた子どもと孫たちです。さあ、あなたも早くこちらへ来て、子どもと孫たちを抱いてやってよ。ホホホホ……。

男Ａ　あ、静江……、そんなに急がないでくれ！

警官　ちょっと、あんた！　そっちは危険だから、車道には出ないでください！

静江　（エコーで）あなた、急いで。こっちよこっち。ホホホ……。ねえ早く、見て見て。子どもや孫たちは元気だし、きれいなお花もいっぱい咲いてるでしょう？　さあ、早く急いでよ。ホホホ……。

男A　おい静江、待ってくれ。オレはもう高齢だから、急ぐと足がもつれるのだ……。

〈**効果**　静江と孫たちの笑い声が最高に達した時、クラクションや救急車の音など。その後、クツの音がゆっくり近づいて止まる〉

ナレーション　大事故になっていなければいいのですがね……。そう言えば、交通事故死もあの〈団塊の世代〉の高齢者が特に多いそうですね？　〈団塊世代〉の人には、〈日本を経済大国に押し上げたのは自分たちだ〉という強い自負心があるようです。だから一層、最近の〈少子高齢化〉が心配なのでしょうかね？　実は私も〈団塊の世代〉の一人ですから、今の〈少子高齢化〉が心配でなりません……。では今回はここまで。また次回に是非、お会いしましょうね。

〈**効果**　クツの音。ゆっくり遠ざかっていく〉

トラウツボ

（一）

トラウツボに関心を持つようになって久しい。

鋭い歯と大きな口が特徴で、南九州の近海ならどこにでも棲息している魚である。嗅覚がきわめて鋭いから、岩場やサンゴ礁に隠れて獲物が近づくのを待っている。資料によればトラウツボは魚ばかりではなく、人間だって襲うらしい。例えば岩場で、釣り人が魚を捌《さば》いていたとする。すると突然トラウツボが浮上して、魚を奪っていくという。

森島は今、病床にいた。

数日前に心筋梗塞を発症し、救急車でこの病院へ搬送されてきた。全身に生命維持装置が張りついているから、身動きひとつできない状態である。医者はストレスが重なったからとか、悪玉コレステロールの数値が異常に高いからだろうと説明した。森島はその半分だけを信じて、後の半分ではトラウツボに襲われたのだと思っていた。

毎日が微睡《まどろ》みと覚醒のくり返しである。

今は微睡みの中にいるが、次は〈しんしん〉という耳鳴りとともにトラウッボへの恐怖心へと変わっていく。この耳鳴りは発病の前から始まり、右の外耳で地虫みたいに〈しんしんしんしん〉という声で鳴く。最近では左内耳の奥の方でも、旋律をもった別の音が聞こえ始めている。

今はその旋律が歌声になり、だんだんと高まっていくところである。

〈都の西北　早稲田の森に　聳《そび》ゆる甍《いらか》はわれらが母校　われらが日ごろの抱負を知るや　進取の精神……、早稲田、早稲田、早稲田……〉

どうやら、息子の葬儀の場面らしい。

森島は聞くに堪えなくなって、思わず耳を押さえた。白い鉢巻きと詰襟の学生たちが数十人、横二列に並んで空を睨んでいる。団長がさし上げる両手の先には煙突が立ち、そこから息子を荼毘《だび》にする黒い煙が流れ出ていた。彼らは同じ応援団員であった息子の葬式に駆けつけ、旅だつ息子へ最後のエールを送っているところである。

「フレーッ、フッレーッ！　モ、リ、シ、マ。それっ、フレーフレー、森島！」

乾いた声は熱をおび、風の中へと消えていく。

場所は千葉県との県境を流れる荒川の堤防の下で、時は十一月の中旬。二十二歳のひとり息子が今、さっさと人生を駆け抜けて行くところである。ただ悲しくて、茫然と応援団員による〈死出の見送り〉を眺めていた。するとトラウツボがひょいと横に寄り添ってきて、一緒に息子を見送ってくれた。

〈実はなオレ……、生まれた時からずっと狙《ねら》ってたんだ〉

トラウツボはにっと笑い、落ちついた声で言った。

〈だって逆子でサ、しかも仮死状態で生まれたんだろう？　医者が口移しの酸素吸入をしてやったから、辛《かろ》うじて蘇生したんだ。ってことは……、死と一緒に生まれたってことだよナ？〉

トラウツボは再度、にやりと笑った。

「なるほど……、〈死と一緒に生まれた〉か」

森島は深く、ふっと溜息をついた。

深い溜息のため酸欠状態にでもなったのか、病室の風景がぐるぐると回りはじめた。息子が突然死した直後、ショックのあまり強いメニエール病になった経験がある。もともと自律神経が不安定であったところに、息子の突然死という大きなストレスが加わったのが原因だと医者は言った。このような時は目を閉じて、目眩《めまい》の発作が治まるのをじっと待つしかない。

(二)

薄目を開けると、とある産婦人科病院の分娩室にいた。

妻は男の子を出産したばかりで、その横にメガネをかけた老医者が付き添っていた。ずんぐりとした小男で、医者というよりも飲み屋のオヤジって印象である。先ほどから気になっていることがあった。せっかく息子が生まれたのに、まだ肝心の産声《うぶ》を聞いていないのだった。

「産道を通る時にヘソの尾が首にからまり、少し窒息したかもね」

老医者は新生児の胸を優しく、ぴたぴたと叩いた。

窒息した？　そんな馬鹿なと思った。長い不妊の後、ようやく授かった男の子である。なのに老医者は胎児の口へ口移しで息を吹きこんだり、小さな酸素ボンベからしゅっと空気を吹き込んだりした。しかし無駄で、〈死と一緒に生まれた〉新生児はぴくりとも動かなかった。

「逆子と……、早期破水が重なったかイねえ」

医者は言いつつ、息子の蘇生を試みている。

実はその通りで、妻は早期破水をしたのだった。真夜中に、陣痛が始まったと妻が言うから、急いで妻を軽自動車の後部座席に乗せて出発した。道路は未舗装の頃で、でこぼこの砂利道であった。先を急いで車が揺れたのが悪かったのか、それとも未舗装の道が悪かったのか？　妻は車中で、早期破水をしてしまった。

「あの……、大丈夫でしょうか？」

森島は我慢できずに聞いた。

大丈夫であるはずがない。医者は〈何がね？〉と咎《とが》めるように言い、口移しと酸素ボンベの人工呼吸をつづけている。森島は最悪の場合を考えていた。医者は根気よく、口移しと酸素ボンベの人工呼吸をくり返している。しかし万が一蘇生したとしても、この子は正常な子どもに育つのだろうか？

「あンま酸素が少ネエと、脳をやられるかイね」

医者は質問の先取りをして答えた。

脳をやられたら一体、この子はどうなるのだろうか？　ひょっとして、一生を植物人間として過ごすのでは？　一方では惨めな一生を送る息子を思い、他方ではその世話に追われる苦労を思った。その何《いず》れであっても、両者にとっては不幸この上ないことではないのか？　胎児が正常でないことを知った時、大方の親は堕胎を考えるという。もしそうだったら、ここはひと思いに……。

「殺すっとね？」

医者はふり向き、じっと睨んできた。

「いえ。ただ……、もし脳をやられた場合、その後遺症が心配で……」

頭に手をやり、小さな声で弁明した。

「それはねえじゃろう。コンげして、頑張っチョるがね」

医者は窘《たしな》め、人工呼吸をつづけた。

新生児は血色のない唇を貝殻のように閉じて、皺《しわ》だらけの両目も閉じていた。この子は生と死の境界線上で今、懸命に〈何ものか〉と戦っている。アメリカには人工中絶を禁止している州があると聞くが、日本では認められている。どちらが正しいのかは知らないが、オレは後者を支持する素振りを一瞬した（らしい）。これは単なる、親の〈エゴ〉なのだろうか？

「ほら。ほらね！」

医者が叫ぶように言った。

息子が突然、痙攣《けいれん》のようなくしゃみをした時であった。このくしゃみこそ、息子がこの世で試みた一回目の呼吸であった。別の見方をすれば、トラウツボの鋭い歯から抜け出た瞬間でもある。いや、待て。息子は激しく抗議して、〈ボクを殺そうとした親父なんか、大嫌い！〉と叫んだのでは……？

「生き返ったのでしょうか？」

嬉しさ半分、自責の念が半分で聞いた。

医者には自信があるのか、見ての通りだと言いたげに口のまわりを拭いている。息子も同じで、医者の期待に応《こた》えはじめていた。五秒間隔でくしゃみのような呼吸をしていたのに、少しずつその間隔が狭まっていく。

「アアたね。このまま生き返ったら奇跡だよ」

医者は上から目線で言い、ふふっと笑った。

森島はまだ二十歳代の後半であったが、医者は多分七十歳代の後半と思えた。口移しの人工呼吸をしたせいか、口のまわりが人肉を食ったように赤くなっている。この仕事に生きがいを感じているのだろう。高齢になった今でも、まだ医療現場で働いている。今まで何回も堕胎治療をしてきただろうし、息子のような〈死と一緒に生まれる子ども〉も救ってきたに違いない。

「トラウツボって魚、知っチョルね？」

診療室にもどった時、老医師は話題を変えた。

これがトラウツボとの最初の出会いであった。息子は奇跡の生還をしてくれた。数日後には普通の新生児みたいに目を輝かせ、可愛い両手に夢と希望を握っていた。そんな喜びに浸っているのに、突然に物騒なトラウツボとの出会いである。ウツボなら雑誌で見たことはあったが、トラウツボについては何の知識もなかった。

「わしは海釣りが好きでね、ほれ」

医者は周囲を見回した。

壁には医療や子育てに関するチラシの他に、数枚の魚拓《ぎょたく》も貼ってあった。魚拓とは釣ったチヌや黒ダイなどの表面に墨を塗り、記録として和紙に残す技術である。老医師は海釣りがよほど好きなのだろう、魚拓の下には釣り上げた場所や日時まで書き添えてあった。

「釣り針をはずすっ時、トラウツボに噛ンつかれてね……」

老医師は左の中指をさし出した。

中指にはトラウツボに噛みつかれたらしい傷跡が残り、少し変形していた。周囲を見ると別の壁にも何種類ものウツボの写真が貼られ、医師の机にはトラウツボの剝製《はくせい》まで置いてあった。近海には変わった魚がいるとは聞いていたが、ここまで危険な魚がいるとは知らなかった。

「噛ンつかれたら大事《おおごと》でネ、死んだ人もおるゲナ。……でン、わしは戦争で死にそこねたかイね。わしン人生なんて付録ンようなもンじゃが」

医者は、はははと笑った。

「お宅ン子どもさんの場合、トラウツボが冗談で噛ンついたンじゃろう。有り難いねえ。すぐ放しチくれたかイ……」

老医者はまだ苦笑している。

「それで今後……、脳に異常は……？」

「先ンこツは何も分からん。アアたにとって大切なのは生命ね、それとも脳ね？」

医者に聞かれ、森島は絶句した。

「そんゲなこツばっカ言っちょると……。わしんゴツ、いつかトラウツボに噛ンつかるっド……」

医者は看護師へ顎で指示して、次の患者を呼び入れた。

壁に貼ってある写真説明によれば、トラウツボは南九州やインド洋など、どこにでも潜《ひそ》んでいるという。体面がトラを連想させる斑点で覆われ、目の上にあるツノみたいな突起物が特徴である。気性はきわめて獰猛《どうもう》であり、尖った犬歯状の歯で小魚、甲殻類、タコなどを食べるとあった。

「わしゃ患者が死ぬとね、なんかトラウツボを思い出してね……。生まれると同時にトラウツボに噛ンつかれたンじゃぁ、やっぱグラシ（＝可哀相）よね」

退室のためノブに手を掛けた時、背後で医者の声がした。

産科医なら誰でも、そうだろうなと思った。母体にひとつぶの生命が芽ばえ、そこで十カ月間育ちつづける。さあ次は、光り輝く希望の世界が待っている。よろこび勇んで飛び出ようとした時、胎児の首にヘソの尾が絡《から》まった。これは偶然であったのか、それともトラウツボの悪戯《いたずら》であったのかは不明。

「死なすのはグラシかイね。医者は早よ放してくれっチ、トラウツボに頼むしかない。患者に死なれた医者って、それはもう惨《みじ》めなもンさ……。じゃかイ、医者としてのわしン人生なんて、前のめりになって泣くことじゃった……」

医者の声を振りきり、ドアを閉めた。

オレはあの時以来、トラウツボの妄想から離れられなくなっている。患者がトラウツボに噛みつかれたら、医者はトラウツボに放してくれと頼むしかない。なんとも猥雑《わいざつ》なジョークではあるが、納得のできる説明であるとも思った。

診察室を出た時、森島は驚いた。

すぐ隣にガラス張りの部屋があり、数個の保育器の中で新生児たちが眠っていた。この保育器は母体の胎内と同じ状態に保つことで、新生児が正常な発育をするのを助ける装置であるという。体重が二千五百グラム以下の未熟児や、息子のようにトラウツボに噛みつかれた新生児たちが入る保育器だという。

それぞれの保育器には名札が付けてあった。

森島は〈森島〉という名札を探した。探すまでもなく、息子はすでに保育器の中に入っていた。その状態を見て、森島はひと安心した。やっとトラウツボから解放されたのか、息子の呼吸は前よりも安定していた。

＊　＊

しかしその後、息子は二回ほどトラウツボに噛みつかれた。

一回目は中学生の頃で、自転車で登校中に乗用車に撥《は》ねられてしまった。自転車ごと乗用車のボンネットに乗り上げ、落ちた後は地面を数十メートルも引きずられたという。ヘルメットを着用していたから大事には至らなかったが、脳に大きなダメージを受けたのは確かであった。

二回目は高校生の時であった。

体育の時間に、息子が悪ふざけをしたらしい。激怒した体育教師は息子の頭を何回もはり倒し、胸を足で蹴り上げては張り倒しつづけたという。すると左右の鼓膜が破れ、息子は数週間も耳鼻科の病院へ通うことになった。ことの重大さを知った校長がある日、暴力教師をつれて謝罪にやって来た。

「確かに、頭を何回か殴ったけど……。でもあれは……、撫でるように殴っただけだったよね？」

校長と暴力教師は同じことを繰りかえした。

〈撫でるように殴っただけ〉で、鼓膜が破けることは絶対にありえない。その証拠に、数カ月後にトラウツボの攻撃を思わせる兆候が現われたのだから。息子が授業中に突然、意識を失ったという報せが入った。〈意識を失った〉とはどういう意味だろうか？　緊急早退をして病院へ駆けつけると、息子は酸素マスクをつけて横たわっていた。

〈この時をずっと、待ってたのさ〉

トラウツボの声がした（と思った）。

まず右の外耳で、地虫が〈しんしんしん〉と鳴きはじめた。次に息子の誕生の場面が心に浮かぶと、もうダメ。まるでメニエール病が再発した時みたいに、周囲の風景がぐるぐると回りはじめる。

そして最後に、トラウツボの声が聞こえた。

〈いいか。たとえ海辺にいなくても、オレ様のことは絶対に忘れるんじゃねえ。オレ様はいつだって、お前らを狙ってるんだぞ〉

トラウツボが高笑いをした（ようであった）。

それでも息子は高校を卒業して、念願であった早稲田大学の法学部に入学した。あれは大学四年生の十一月上旬のことで、すでに就職も内定していた。その日は明治大学との、ラグビーの〈早明戦〉がある日であった。息子は応援団の一員であったのに、なぜか姿を見せなかったらしい。不思議に思った仲間が試合後に下宿先を訪ねると、息子はすでに布団の中で冷たくなっていたという。

〈条件がそろい過ぎているよな〉

急死の報せを聞いた時、耳元でトラウツボの声がした。

はじめから〈逆子〉と〈早期破水〉が重なる難産であったのだから、息子は〈死と一緒に生まれた〉のと同じである。次に交通事故で頭部へ激しい衝撃を受けたり、仕上げとして暴力教師から鼓膜が破れるほど頭を殴られた。ここまで揃えば、トラウツボが〈条件がそろい過ぎているよな〉と言うのも当然である。

「死因は不明ですが……、まあ虚血性心不全でしょうかね」

これが解剖医の説明であった。

死因が不審な場合、その死因を究明するために遺体は解剖することになっている。何らかの事件に関係のある場合は司法解剖と呼ばれ、その他の場合は行政解剖と呼ばれるらしい。時期は偶然にも、オウム真理教による地下鉄サリン事件が発生した頃と重なっていた。息子はその種の不審な事件に巻き込まれたのではと一瞬疑ったが、事件とは何の関係もない行政解剖になったらしい。

それでも解剖医の説明が気になった。

こっちは錯乱状態になって上京したのに、解剖医の説明が簡単すぎたからである。人が死ぬと、心臓は必ず鼓動を停止する。この論法でいけば、全ての人は〈虚血性心不全〉で死ぬことになる。しかし息子の場合、たぶん違うと思う。単なる〈虚血性心不全〉ではなくて、他に確たる死因があったはずである。

〈トラウツボめ、やりやがったな！〉

森島は思わず、心の中で叫んでいた。

すると〈実はそうなんだ。今まで誕生の時や交通事故など、何回もチャンスはあったよな。でも全て、逃げられただろう？〉という声がした。陰湿で、悍《おぞ》ましい感じのトラウツボの声であった。体面の模様がトラに似ているから〈トラウツボ〉と命名されたが、大きな口と鋭い顎にはトラ以上の凄味《すごみ》がある。

㈢

恐怖で震えていると、自分の名を呼ぶ女の声がした。

森島は微睡《まどろ》みから覚醒へ、ぐらりと寝返りをうった。病床で臥《ふ》せっていると、終日が妄想の連続である。今日も、不可解であった息子の出生から急死までを何回も辿《たど》っていた。わが子に先立たれるなんて、親にとっては最大の不幸である。ただただ悲しくて、頬にはいつも涙が流れ出ている。

「森島さん、御飯ですよ。早よ、目を覚ましなイ」

女性が声をかけ、肩に手をかけてきた。

目の前に、白い帽子を被った女が立っていた。看護師ではなくて、掃除と食事の世話をする小母《おば》ちゃんである。朝食は先ほどすませたと思うが、もう昼食の時間になっているらしい。小母ちゃんはベッドの横に小さなテーブルを引き寄せると、その上に食べ物を並べはじめた。

森島は見ただけで、げっと吐き気を感じた。

半開きになったカーテンの隙間から、南九州の陽光が矢のように射しこんでいる。こっちは早死にした息子に切実に会いたいのに、窓ガラスに映っているのはトラウツボの姿と自分の顔だけである。トラウツボが精悍《せいかん》な顔で見入ってくるのに、自分の顔はひどく弱々しく見えた。

〈あの時の西日は……、ドラマチックだったよなあ〉

心のどこかで声がした。

当然トラウツボの声であるから、森島も〈ドラマチックな西日〉を思い出すことになった。あれは息子の葬儀を終えて、帰りの飛行機が着陸態勢にはいる場面であった。飛行機は空気力学に従って、風に逆らって飛ぶ。夕方の風は陸から海へ向かって吹くから、飛行機は沈もうとする太陽へ突入する態勢になっていた。

〈未来のある若者が、落日へ向かって沈むんだ……〉

トラウツボは皮肉っぽく言った。

森島は一瞬むかついたが、現実であれば反論はできなかった。今や、息子を殺した東京など大嫌いである。まだ温かい息子の骨壺をボストンバッグに入れて、羽田空港からずっと抱きしめてきた。

前日は一日がかりで、息子の下宿の整理をした
泣きながら息子の本類や生活用品を荷造りして、故郷へと発送する。下宿屋と電話局との解約を済ませ、最後に早稲田大学へ行った。息子が憧れていた大隈重信の銅像を憎らしく見た後、退学届けを提出した頃は夕暮になっていた。

「今朝は何も食わンかったガね?」

突然、小母ちゃんの声がした。

「これで二日目だよ。どっさイ食って、早ヨ元気にならんとイカンが」

小母ちゃんの叱咤《しった》はつづく。

せっかくカロリー量や栄養のバランスを考慮して料理してやったのに、この患者は何も食べてくれない。小母ちゃんは気に障《さわ》ったのか、ぶつくさ言いながら薄緑色のカーテンをさっと開け放った。

すると病室は光の洪水になった。

発病して以来、久しぶりに見る周囲の風景である。病院は丘陵にあるようで、窓の下には色とりどりの屋根をした家が張りついていた。それら屋根の上に広がるのが黒潮で、一本の濃紺の布になって力強く北上していた。いつもは穏やかな海原に見えるのに、今日の黒潮は恐ろしいトラウツボの住みかに思える。

「枕をちっと高くするかイね。昨日は三十度じゃったかイ、今日は六十度。早ヨご飯を食わンと、九十度にはなれンとよ」

まるで子ども扱いである。

小母ちゃんは〈これぐらいかな〉と言いつつ、傾斜の微調整をし始めた。ずうんという音がして、頭が少しずつ上がっていく。頭の位置を高くすることで、食べやすい姿勢にするつもりらしい。こっちは初めから食べる気などないのだから、いくら枕を高くしても無駄である。

「あらあら、ごめんねえ。忘れチョッた」

小母ちゃんは笑いつつ、かがみこんできた。

森島の口と鼻には、まだ酸素吸入器がついたままであった。それだけではない。胸には心電図を計る器具が貼りつき、左右の腕には点滴用の針が刺さり、さらに股間には導尿の管もつけている。

小母ちゃんは〈ごめんね、忘れチョッた〉をくり返し、酸素吸入器をはずした。

「今度は食べられるかイね」

目の前にすっと、スプーンが出てきた。

小母ちゃんはどんぶりから、五分ガユをすくった。五分ガユの他にも、ダイコンの煮しめ、コンブの酢の物、シイタケの和物《あえもの》などが並んでいる。どれも同じに見えて、まったく食欲がわかない。

「後で食うから……、もういいです」

そう言ったつもりであったが、声にはならなかった。

ここは循環器科病院の回復室であり、先ほど集中治療室から移ってきたばかりである。四人部屋であるが、四人ともなぜか押し黙っていた。自分と同じように突然、トラウツボに襲われたのだろう。一刻一秒を争う病気であるから、四人ともまだ死の恐怖から逃れられないのだろう。

〈ダイコンの煮しめなら食えるかも……〉

森島はふと思った。

貧乏な農家の次男坊として生まれ育ったから、ダイコンなら食い慣れている。改めてダイコンの煮しめ、コンブの酢の物、シイタケの和物などを見まわす。どれにも食欲はわかないけど、〈早くトラウツボに勝つには、ダイコンしか……〉と思ったりした。

先ずは箸を取ってみる。

だが残念、食う気はしなかった。食欲どころか、げっと吐き気さえする。懸命に我慢していると右の外耳で、例の地虫が〈しんしんしんしん〉と鳴きはじめた。すると待っていたように左の内耳の奥で、旋律をもった別の音が聞こえ始めた。

〈都の西北　早稲田の森に、聳ゆる甍《いらか》は我らが母校……〉

ああ、またまた始まった。

森島は舌打ちをして、持っていた箸をダイコンの煮しめに突きさした。ダイコンは脱皮したばかりのカニみたいに柔らかで、傷つきやすい。突きさされたダイコンは若者に変身して、〈フレーッ！　フレーッ！　モ、リ、シ、マ！〉と叫んだ。

これら妄想と幻聴の原因は全て、トラウツボにある。

息子は逆子で生まれた時から、何回もトラウツボに噛みつかれた。しかしオレの場合、最初にトラウツボから噛みつかれたのは何時《いつ》だったのか？　森島は恨みをこめて、ダイコンの煮しめに突きさした箸をぐいと捻《ねじ》った。

＊　＊

あれは確か、十年ほど前の金曜日の夜である。

キリスト教では、金曜日は〈不吉な日〉とされている。わが家も、なぜか同じである。中学生になった息子が交通事故に遭った日も、高校生になった息子が暴力教師に殴られた日も、さらには大学卒業を前にした息子が突然死したのも、なぜか金曜日であった。全くの偶然であり、宗教的な意味など考えられない。思いつくのはただ、トラウツボによる悪戯《いたずら》だけである。

ある金曜日の夜、森島は卓球をするために家を出た。

息子が死ぬと生活は乱れに乱れ、酒に溺れるようになっていた。全てが負の傾斜になって、悪い方へ悪い方へと向かっていた。体重は標準値を二十キロ以上もオーバーし、血圧も異常に高くなっていた。かかりつけの医者に相談すると運動をすすめられ、始めたのが卓球であった。週に一回だけ、地区の集会場で汗をながす程度である。

その日は最初から、体調が悪かった。

会場へ着くと、すでに数人の卓球仲間がボールを打っていた。大方が六十歳代から七十歳代の高齢者ばかりで、技術は卓球というよりも〈ピンポン〉の域であった。ラケットの持ち方には二通りある。ペンを握るように持つペンホールダー・グリップと、握手をするように持つシェイクハンド・グリップである。

森島はシェイクハンド・グリップであった。

攻撃してくるボールを切り返すように、〈カット〉で返球する打法である。攻撃を得意とする仲間にとって、カット・マンは都合のいい練習相手になる。さっそく仲間の一人が近づいてきて、カット打ちをしてくれと言った。

森島は体調が悪いと思いつつ、コートに立った。

十分間ほど汗を流すと、はっきりと胸が苦しくなってきた。何度も汗を拭いては水を飲み、胸苦しさをやり過ごした。あの夜もカット打ちは人気があり、仲間の誘いは断りきれなくなっていた。〈ひょっとして……、これはトラウツボが仕掛けたワナなのでは？〉、と思った頃はもう限界であった。

よたよたと会場を出て、自家用車に乗った。

運転をするというよりも、ほとんどハンドルに寄り掛かっている状態であった。今はトラウツボが噛みついた瞬間であるのか、冷汗が異常なほど吹き出ている。鼓動が早くなって、胸が変に重苦しい感じであった。帰宅するには四つのシグナルを通過するが、そこをどのように通過したのか記憶にはない。

やっとのことで、家にたどり着いた。

玄関に入ると同時に胸痛が爆発し、どっと倒れこんでしまった。実は息子が急死して数カ月間で、たて続けに腎臓結石症と胆嚢結石症を患っていた。身体と心のバランスが崩れて自律神経が乱れ、結果的にホルモンの分泌が悪くなったのだろうと医者は診断した。結石症の痛みは女性の陣痛よりも激しい疝痛《せんつう》と呼ばれるけど、この胸痛はその疝痛の比ではなかった。

「お父さん、大丈夫ね！　すぐ救急車を呼ぶからね！」

妻は叫ぶと、緊急電話を掛け始めた。

息子は死んでこの世にはいないのだから、〈お父さん〉はないだろうと思った。妻自身も息子の死後、ほとんど半狂乱になっていた。ショックのあまり、頭には円形の脱毛が四つも五つも出来ていた。

他にも妻は時々、奇妙な電話を掛けたりした。

息子の仏壇の前に座り、泣きながら焼香をする。すると何かを思い出したように突然立ち上がり、電話口へと向かう。電話をかける相手はいつも決まっていて、〈東京〇三 - 三五四二一……〉であった。

〈ただ今お掛けになった電話番号は現在、使われておりません。もう一度お調べになって……〉

電話は常に、決まったことしか言わなかった。

息子の電話はすでに解約したのだ、〈現在、使われている〉はずがない。妻は〈あの子が死んだのは本当だったのねえ〉と言い、泣きじゃくった。大きな喪失感で泣く回数が多いからか、今では泣いても涙が出なくなっている。涙の量が通常の三分の一以下になっているそうで、妻はすでに涙腺の手術を受けていた。

「ええと……、保険証は取ったと。それから……」

胸痛で七転八倒していると、妻の声がした。

数カ月前、腎臓結石と胆石で何回も救急車を呼んだことがある。妻は緊急時に備えて、何をどうすれば一番いいのかをメモに取っていた。手慣れたもので、入院の準備が整う頃には〈ピーポーピーポー〉という音が聞こえてきた。トラウツボには気の毒であるが、救急車が待機している消防署と循環器病院はわが家から一キロ以内にあった。

「名前と生年月日を言ってください！」

突然、大きな声がした。

救急隊員の声だなと思う頃には担架に乗せられ、車内に運びこまれていた。手なれた妻の通報で、大方の症状が分かっていたのだろう。隊員は舌下に錠剤を入れたり、顔に酸素吸入器をつけたりした。一方では獰猛《どうもう》なトラウツボの顎を想像し、他方では〈この酸素吸入器をつけて、今まで何人が死んだのだろう?〉と思ったりした。

「どうです、痛みは取れましたか?」

隊員は舌下錠の効果を知りたいらしい。

今はトラウツボがオレの心臓に噛みつき、はげしく振り回しているところである。そう簡単に痛みが取れるはずがない。舌下錠が狭心症の特効薬であることは知っていた。しかし舌下錠の特効薬だけで、トラウツボが手放すはずがないと思った。

〈もう、死んでもいい。早く殺してくれ！〉

トラウツボへ頼んでいると突然、救急車が止まった。

どうやら病院に着いたらしい。院内からばたばたという足音が近づき、救急隊員以外の男の指示で車から降ろされた。これから救急処置室に入るらしい。医者らしい男性が胸をはだけ、〈もう大丈夫ですよ、聞こえますか？〉と何回も聞いてきた。心電図の診断をするのか、胸に冷たいものも貼りついてきた。

「心室細動《しんしつさいどう》があります……」

医者の緊張した声が聞こえた。

〈シンシツサイドウ〉とは何のことだろうか？ 意識が朦朧《もうろう》としているのに、聞きなれない〈シンシツサイドウ〉という言葉だけがはっきりと聞こえる。足音と騒《ざわ》めきで、医者の他に看護師、医療技師なども集まっているのが分かった。彼らは当直だったのか、それとも自宅から駆けつけてきたのだろうか？ どうやらこの時点で、トラウツボと自分との戦闘態勢は整ったと思える。

「この書類に署名と捺印をしてください」

別の部屋へ移動し始めた時、看護師の声がした。

妻は廊下で待機していたのか、移動式ベッドへと駆け寄ってきた。妻は〈頑張ってね〉をくり返すけど、もう限界であると思った。普通の腹痛なら身体をくの字に曲げて耐えればいいが、今はトラウツボが心臓に嚙みついているのだ。上体を反らせて、七転八倒をするしかない。

間もなく集中治療室に入ったらしい。

そこでは無影灯や、いろいろの医療器具が待ち構えていた。治療室に入ったと分かると同時に、トラウツボが激しく暴れはじめた。暴れると七転八倒することになり、処置台から落ちそうになった。すると誰かが手足を押さえ、もう一人がベルトで身体を固定してきた。息子が生まれる時は老いた産科医だけがトラウツボと戦ったが、今回は医者や看護師など六、七人は集まっているらしい。

「濡れてますね……、脱がせますか?」

医師が言うと、看護師は指示に従った。

下にはブリーフの他に、卓球用の短パンとトレーニング・ズボンをはいている。上は下着と、袖口まであるトレーニング・シャツである。汗でぐしょぐしょであるから、処置ができないらしい。〈脱がせる〉のではなくて、これら下着類を〈ハサミで断ち切る〉ところである。どうやら卓球の練習でかいた汗ではなくて、この病気特有の黄色い発汗であるらしい。

これで下はすっかり、すっぽんぽんになった。

カエルの解剖実習みたいだなと思っていると、医者が〈××を××グラム〉などと指示をし始めた。胸部には鼓動を聞くため、新しい器具が貼りついてきた。規則正しく〈ピー、ピー〉という音は正常音で、〈ピピピッ〉というのが不整脈音である（らしい）。しかし時々、〈ピピピッ〉という不整脈音が聞こえはじめた。

「ごめんね。ちょっと剃りますね」

その時、看護師の声がした。

もう恥も外聞もない、陰部の周囲を剃るつもりらしい。それが終わると、看護師は〈ごめんね、ちくっとしますよ〉と言った。今は断りなどは不要であって、早くトラウツボを退治してほしい。激痛に耐えていると、右の股間に小さな痛みを感じた。カテーテル治療を始めるため、局所麻酔をしたらしい。

〈さあ。これからがトラウツボとの戦闘開始だ！〉

覚悟を決めて、目を閉じた。

さあ、トラウツボよ。後は〈焼いて食うなり煮て食うなり〉、全てお前の気分次第だ。両手で懸命に手術台をつかんでいると、医者は何回も〈気分はどうですか?〉とか、〈気分が悪い時には知らせてください〉と念を押してきた。意識確認のつもりであろうが、こっちはトラウツボのことだけを考えていた。

「さあ、始めましょう」

医者の合図とともに、しゅるしゅるという音がした。

カテーテル治療が始まったらしい。右の股間にある大動脈から、直径三ミリほどの管を挿入するのが分かった。この病気は何らかの理由で、冠動脈が詰まった時に起きる。医者は今、その狭くなった冠動脈まで管を挿入し、そこを〈ステント〉という器具を使って治療するつもりらしい。

そう思った時であった。

突然、〈ピーピー〉という心電音が聞こえなくなった。〈心電音が聞こえなくなった〉とは、〈この勝負、トラウツボの勝ち！〉ということになる。不謹慎にも大相撲を思い出して、行司が勝ち名乗りを告げる場面を想像した（と記憶する）。

「誰か早く、ＡＥＤを！」

ずっと遠くの方で、医者の叫び声がした（と思った）。

と同時に、自分の身体がベッドからふわりと浮き上がるのが分かった。ずっと昔、臨死体験談について書かれた本を読んだことがある。人が死ぬと、魂は身体からすうっと抜け出て、しばらく自分の死体を見下ろしていると書いてあった。どうやら今がその時のようで、身体がふわりふわりと浮遊している感じであった。

どうやらオレは死ぬ（らしい）。

その証拠に、胸の痛みを全く感じなくなっている。激痛であんなに〈七転八倒〉したのに、今は最高にいい気分である。これが俗にいう〈死の境地〉なのか？　痛みも苦労もなく、まるで修験者が苦難の末に体得するという心安らかな〈無の境地〉である。

オレは今、筒状のトンネル内を歩いている。

そこへ光が射しこんでくると、楽しげに駆け回っている人影が見えてきた。どこかでよく見かけた人影だと思うのだが……、さて誰だったのか？　そうだ、間違いはない。あれこそが幼稚園児の頃の息子である。今はピクニックが間近いのか、息子は嬉しくて駆け回っているところである。

〈どうだい？　死ぬのは恐いけど、死んでしまうのは恐くないだろう？〉

トラウツボの声がした（と思った）。

まさにその通りで、あんなに激しかった胸痛がすっかり消えている。オレは〈死ぬのが恐い〉から、この病院へ搬送されてきた。しかし〈恐い〉と思っていたのに、その〈死の境地〉がこんなにも心安らかであるとは知らなかった。

〈もしかして？〉、と思った。

最近は苦労やストレスが多くなって、それだけ自殺者も増えたと聞く。もしかしてトラウツボが犯人であり、〈死ぬのは恐いけど、死んでしまうのは恐くないよ〉と唆《そそのか》しているのでは？

＊　＊

「森島さん、聞こえますか？　聞こえたら、目を開けてください！」

ずっと遠くから、誰かが叫んでいる（らしい）。

限りなく強い生への執着心だろうか、それとも誰かが〈後ろ髪を引いてくれている〉のだろうか？　薄れていく意識の半分で〈オレは今、トラウツボに食われている〉と思い、残りの半分で〈もっとプラス思考で生きなくちゃ！〉と思ったりした。

とその時、誰かがオレの名を呼んでいる（と思った）。

〈死んでしまうのは恐くない〉し、こんなにも至福の境地であるというのに……。邪魔をするのは一体、何者だろうか？　邪魔者は遠慮なく近づいてきて、オレの頬をぴたぴたと叩きはじめた（と思った）。

「森島さん、聞こえますか？　目を覚ましなさい！」

今度ははっきりと聞こえた。

その瞬間に浮力は消えて、身体がどすんとベッドへ落下した（と思った）。薄目を開けると目の前に医者がいて、背後にある天井はぐるぐると回っていた。ということは……、オレはこの世へ生還した……のか？　生と死という途方もない距離を一気にまたいで、激痛が待ち構えているこちら側へ舞い戻ってきたらしい。

〈トラウツボよ、それはないだろう。死なせてくれよ！〉

〈そうだな……。お前は一瞬だったけど、息子の死を望んだよな？〉

〈そうそう思い出した。オレは人殺しなんだ。オレを殺すのが嫌なら、頼むから代わりに、オレの息子を返してくれ！〉

森島は身悶え、トラウツボへ詰めよった（と思う）。

「おう、鼓動が戻ったみたい！　これは奇跡だよ……」

医者がくすっと笑うのが聞こえた。

これと同じ情景をどこかで見たことがある。ええと、あれは……？　そうだ。あれは早期破水をした息子がヘソの尾を首に巻きつけ、仮死状態で生まれた時である。口を真っ赤にした産婦人科医は口移しの人工呼吸をつづけた後、〈こりゃ奇跡ですな〉と言ってくすっと笑ったのだった。

「二回ほど、シンテイがありました」

産婦人科医ではなく、循環器医の声がした。

「心臓停止のことですがね……」

医者は火傷《やけど》してませんかと聞き、胸をはだけてきた。

単なる心臓マッサージでは駄目だったそうで、電気ショックでやっと蘇生したと説明した。あの時のオレは身体から遊離して、至福の気持ちでベッドに横たわる自分を見下ろしたはずだが……。実際は強い電気ショックで身体が痙攣し、身体ごと跳ね上がっていたのだろうか？　胸の表皮がちくちくするのは多分、電気ショックによる火傷のせいだろう。

医者の言う〈二回のシンテイ〉も気になった。

一回目は多分、ふわりと身体が浮き上がって、ベッドに横たわっている自分を見下ろした時だろう。二回目は多分、筒状のトンネル内を歩いている時だろう。もしそうだと仮定したら、あの楽しげに駆け回っていた息子は幻想であったことになるが……？

「念のため、あなたの身長と体重を言ってください」

意識を確認したいのか、看護師が言った。

まだ頭が朦朧《もうろう》としているので一瞬、答えに困った。若い頃の身長は百七十三センチ程ほどであったが、今は苦労の連続で身体が擦りきれている。そこで呻《うめ》くように、〈百七十センチと七十三キロ〉と答えてみた。すると周囲から、おうという声が上がった。答えと、カルテに記載されている数値とが一致したらしい。

長いようで短い、カテーテル治療は終わった。

行司に〈さし違い〉があったようで、〈ただ今の勝負、森島の勝ち〉に訂正されることになった。張りつめていた治療室の空気が一気に和《なご》みはじめ、少しずつ明るい騒《ざわ》つきに変わりはじめた。この雰囲気は廊下で待機していた妻にも伝わったようで、妻が喜びの声をあげて駆け寄ってきた。

二階にある病室へ移ることになった。

エレベーターが上へ動き始めると、ふいと先ほどの浮遊感を思い出した。あれは死の感覚ではなくて、ＡＥＤの電気ショックで身体がぽんと跳ね上がっただけであった。いくら錯覚であったと説明されても、〈オレは二回もシンテイして、二回も死んだのだ〉と思うことにした。

指定された病室に着いたらしい。

この部屋はどんな不測の事態にも対処できるように、看護師たちの詰め所と隣接している。それでもトラウツボは物かげに隠れて、虎視眈眈《こしたんたん》と獲物を狙っている。それを防御するため、看護師たちは数分ごとに血圧や酸素濃度を計りにやってくる。胸に貼りついた心電図の器具も同じで、〈ピーピーピー〉という音をたてて安全を報せていた。

「森島さん、胸はまだ痛みますか?」

二日後、問診にきた主治医が言った。

今日中に、隣にある回復室へと移るらしい。まだ全身に虚脱感が残ってはいるが、あの七転八倒した胸痛はもう消えている。トラウツボは恐れをなして、岩場へでも逃げこんだらしい。いや、待て待て。これは早いか遅いかだけの問題であって、今は観察つきの〈執行猶予期間中〉である（と思った）。

㈣

「あイや、五分がゆしか食わンかったツね?」

耳元で、女の声がした。

薄目を開けると、賄《まかな》いをする小母ちゃんが食器類の後片づけをするところであった。五分がゆの他に、大根の煮しめなど四種類の食事を用意したのに、森島が食べたのは五分がゆ二サジだけであった。

「じゃかイ、何度も入院すっトよ」

小母ちゃんは不機嫌そうに言うと、出ていった。

実は小母ちゃんが言うとおりで、今回は二度目の入院であった。息子を亡くして以来、トラウツボは簡単には許してくれない。あれも退院後の、金曜日の夜であった。同じように卓球をしていると、同じようにトラウツボに襲われてしまった。救急車でこの病院へ搬送され、一回目と同じように〈シンテイ〉をした。同じように生死をさ迷った後、ステント治療で生還できたのだった。

〈お前……。そんなに早く、死にてえのかよ?〉

トラウツボは何回も、心の中で語りかけてきた。

自慢のエラを大きく膨らませ、ふっと水を吐き出す。今は獲物を探しているところなのか、サンゴ礁の岩陰から頭を出している。このような場合、獲物である自分は何と答えればいいのだろうか？

〈オレ……、早く死にたいよ〉

呟くように言ってみた。

〈バカ言っちゃいけねえ。今まで二度もお前に噛みついたけど、二度とも逃げられたじゃないか？〉

トラウツボは不機嫌そうに言って、あたりを見回した。

どうやら今、この病室の誰かを狙っているらしい。ここは四人部屋である。日時こそ違うが、四人ともトラウツボから心臓に噛みつかれてしまった。辛《かろ》うじて助かり、隣の集中治療室から移ってきたばかりである。まだ体力が十分には回復していないから、トラウツボが狙うとしたら今がチャンスなのかもしれない。

「出た出た月が……」

その時、近くのベッドから男の歌声が聞こえてきた。

弱々しい病人の歌声ではあるが、なぜか楽しげに聞こえた。四人は常にトラウツボに狙われているのだから、死と直面していると言ってもいい。なのに男は大胆にも、また〈出た出た月が、丸い丸いまん丸い……〉と歌いはじめた。

「あ、ちょっと待ってね」

今度は若い女性の声に変わった。

どうやらこの男は今、ナース・コールのボタンを押したらしい。このボタンを押せば直接、看護師と連絡がとれるシステムになっている。〈出た出た〉と歌っているのだから、出血でもしたのだろうか？　出血であったら一大事である。間もなくすると廊下で足音がし始め、看護師が入ってきた。

「親指くらいッが、ちょびっと……」

隣の男は半分、笑いながら報告した。

看護師はまた〈ちょっと待ってね〉と言って、男の後に回りこんだ。どうやらこの男、ウンコのことを報告したいらしい。心筋梗塞は何らかの理由で、冠動脈の血流が一時的に止まることによって発症する。血液には心臓を養う酸素と栄養が含まれている。心臓を動かす心筋は脳細胞と同じくらい酸欠には弱くて、再生能力も弱いと聞く。

ここまで条件が揃うと、トラウツボが狙うのも当然である。

血流が止まると心筋は壊死《えし》し、豆腐みたいにブヨブヨになると聞く。これを防ぐにはただ一つ。患者は酸欠で傷ついた心筋が回復するまで、ベッド上で静かに過ごすしかない。ウンコはそのいい例であり、力《りき》んで心筋に余計な負担をかけるのはまずい。自分は医師の指示どおりオシッコは導尿にして、ウンコは浣腸《かんちょう》ですませている。

「固いのが詰まってるわよ」

背後で、看護師の明るい声がした。

このひと言で、大方の疑問が判明した。どうやらこの男、自力でウンコを出そうとしたらしい。〈丸い、丸い、まん丸い〉までは自力で出したが、最後は〈固いのが詰まった〉状態で止まってしまった。出すことも引っこめることもできず、男は慌ててナース・コールを利用したと思える。看護師がまた〈ちょっと待ってね〉と言うと、ゴム手袋をはめる音に変わった。

「ねえ。こうすると……、気持ちがいいでしょう?」

看護師の甘えるような声が聞こえた。

ぴたぴたという水の音がするから、陰部やお尻を洗っているのだろう。男はうんうんと言い、〈こらまこチ、よか気持ちじゃ〉と応じた。病室だというのに、二人は何か良からぬことを考えているらしい。心配ご無用であった。間もなくすると、あの酸っぱい感じの宿便の臭いがゆっくりと漂ってきた。

ここで顔をしかめてはいけない。

病院とは病気の治療をする場であると同時に、トラウツボとの戦いの場でもある。男が勇敢にも自力でウンコを出したというのに、トラウツボを恐がる自分はまだ導尿と浣腸に頼っている。口惜《くや》しいけど、トラウツボがこの男を襲うことはないだろう。

「これで目出度《めでた》く、出世みたい。後で部屋を移るからね」

看護師は明るい声で言うと、出て行った。

二回もの入院で、この病院には隠語があることを知った。集中治療室から今いる回復室へ。そして回復室から一般の病室へ移ることを、ここでは〈出世する〉という言葉で表現するらしい。間もなくすると、その時がやってきた。看護師は手早く男の品々を整理すると、男を車輪つきのベッドに乗せて廊下へと出て行った。

「さあ出世街道、まっしぐらあ!」

看護師の声とともに、男の乗ったベッドも遠ざかっていった。

部屋が急に静かになったせいか、右の外耳で例の地虫が〈しんしん〉と鳴きはじめた。すると例のごとく、左の内耳から〈都の西北　早稲田の森に……〉という学生歌が聞こえてきた。学生たちは茶毘《だび》に付する息子の黒煙に向けて、〈フレーッ、フレーッ、モ、リ、シ、マ。それッ、フレーフレー、森島!〉とエールを送った。

よく見ると、近くにトラウツボの姿があった。

今は何を狙っているのだろう?　大きく膨らんだエラから、ぎざぎざの歯を覗かせていた。この悪魔め、今度は何を企んでいるのだろうか？　先ほど〈出世した男〉でないのは確かである。ならば隣の患者か、それともこのオレなのか？

そう思った時、遠くから救急車の音が聞こえてきた。

誰でも〈ピーポーピーポー〉という音を聞くと、一瞬身構えてしまう。特に本院は緊急病院に指定されているから、この傾向は強いようである。〈ピーポーピーポー〉という音を聞くだけで、廊下の向かい側にあるナース・センターは一瞬騒然となる。

「トラウツボめ、もう姿を消している！」

森島が呟《つぶや》いた時、救急車が病院へ入ってきた。

循環器系の病気は時間との戦いである。医師と看護師が走るようにして、緊急処置室へと急ぐ足音が聞こえた。この病気の要因は高血圧症の他に、肥満、血糖値、ストレス、高脂血症などいくらでもある。最近はこれらの危険要因が増えて、それだけ患者の数も増えていると聞く。

「まあた、心臓病の急患か？」

森島は声にならない声で呟いた。

〈そのようだね。だからオレ、この緊急病院が好きなんだ〉

心の中で、トラウツボの声がした。

先ほど搬送されてきた患者は今頃、緊急処置を終えて部屋を出るところだろうか？　いや、そうではなくて軽い狭心症であってほしい。この患者も意識確認のために名前や住所などを言わされ、保護者は手術を認める書面に署名と捺印を求められたに違いない。

「福留の爺ちゃん、気分はどンゲねえ」

今度は別の看護師が入ってきて、明るい声で言った。

「ああ? うん?」

すぐ隣のベッドで、老人の声がした。

福留の爺ちゃんは九十二歳になったそうで、今はひどい難聴になっていると聞く。看護師はそのことを思い出したらしい。爺ちゃんの耳元に近づくと、〈気分はどンゲね!〉と叫ぶように聞きなおした。

「ああ……? うん。空気がンメ!」

爺ちゃんは叫び返した。

気分がいいのか、酸素マスクをはずす音が聞こえる。先日、妻がこの老人の家族と世間話をするのを聞いた。それによると老人は風呂場で意識を失っていたそうで、遠く県境にある町から搬送されて来たという。

この地には今でも、特徴的な方言が残っている。

u+n(またはm)は〈ン〉と飲みこんで発音する。例えば〈馬〉は〈ンマ〉と発音して、〈海〉

は〈ン〉に、〈運動会〉は〈ンドウカイ〉と発音する。これを老人が先ほど言った〈空気がンメ〉に適用すれば、〈空気がうまい〉と言ったことになる。

森島の心に少しだけ、プラス思考が戻ってきた。

福留の爺ちゃんは九十二歳になった今でも、懸命に生きようとしている。爺ちゃんは高齢になるまで、何回もトラウツボに襲われたに違いない。それを全て切り抜けてきたと思うと、〈福留の爺ちゃん、万歳！〉と言って祝福してやりたい。

そう思ったけど、プラス思考はここで終わりになった。

廊下が急に気忙《きぜわ》しくなり、すぐ隣にあるナース・センターが不穏な雰囲気に変わったのだ。するとプラス思考はさっと消え、代わりに大きなトラウツボの姿がどんどん迫ってきた。

「集中治療室には今、誰かが入っているの？」

森島は心配になって、入ってきた看護師に聞いた。

看護師は不思議そうな顔をして、誰も入っていないと答えて出て行った。森島は不思議だなと思った。看護師たちの足取りが慌ただしくなったのに、集中治療室には誰も入っていないという。この相反する二つのことが同時に起きた場合、病院では一体何が起こっているのだろうか？

「先ほどの急患は今頃……、どうなったのだろうか？」

森島は小さく呟いた。

呟いたのが悪かったのか、その分だけマイナス思考が増大した。救急車がやって来てから、かなりの時間が過ぎている。緊急治療室にだれも入っていない場合、三つのケースが考えられる。ひとつ目は搬送されてきた患者の症状が軽くて、すぐ自宅へ帰ったケースである。ふたつ目は中程度の症状であったので、一般の病室へ入院したケースである。

そして三つ目が最悪のケースである。

心臓疾患は時間との戦いであるから、その時の運と不運に大きく左右される。トラウツボが本気で心臓に噛みついたのか、それとも冗談で噛みついたのかで生死が決まると言い換えてもいい。テレビは先日、あるタレントは幸運にも生還できたが、ある政治家は不幸にも生還できなかったと報じた。

〈そう、その通り。そろそろ……、オレ様の出番だな〉

トラウツボはにやりと笑い、自慢げにエラを膨らませた。

なぜエラを膨らませるのだろうか？　もしかして……、先ほど搬入されてきた患者は三つ目のケースになっているのでは？　一方ではそうかもしれないと思い、他方ではそれを強く否定する自分がいた。だが万が一後者であるとしたら、あの患者は今頃どこにいるのだろうか？

そう思ったのがいけなかった。

マイナス思考はさらに強くなり、あとは一本道になった。右の外耳で地虫が〈しんしんしん〉と鳴き始めると、左の内耳からは〈都の西北　早稲田の森に……〉という学生歌が聞こえ始めた。学生たちは例によって例のごとく、黒煙になって昇天する息子へ向けて、〈フレーッ、フレーッ、モ、リ、シ、マ。それッ、フレーフレー、森島！〉とエールを送り始めた。

〈今から、ちょっと様子を見てくるぜ〉

学生歌とエールが終わると、聞き慣れた声がした。

声の主は当然、トラウツボであった。今は身体を大きくくねらせて、サンゴ礁の岩場から出るところである。森島は〈おい、どこへ行くのか？　行くのは止めろ！〉と叫ぼうとしたが、病室で叫ぶのはまずいと思い直した。

「オレも福留の爺ちゃんみたいに……、もっと前向きに生きなくちゃ……」

森島は涙声になり、呻《うめ》くように呟いた。

頬を流れる涙を拭こうとしたが、手には点滴用の針が刺さって動かせないのだった。この病院の地下には霊安室があるそうで、死者がでたら一時的にその霊安室に保管されると聞く。トラウツボは多分、その霊安室へ行くに違いない。

〈止めろよ、トラウツボ！　行っても無駄だぜ。あの患者はオレの息子と同じように、きっとまだ生きているんだから……〉

森島が呟くと、涙がどっと溢れ出てきた。

冷や飯食い

(一)

一つ人が嫌がる　わしも嫌　二で逃げたげな
三で探され　四で縛られて……

クマゼミの鳴き声に混じって、耳慣れない童唄《わらべ》が聞こえてきた。

元禄五（一六九二）年八月下旬のことで、中山宝身は笠を持ったまま立ちどまった。空耳ではないようだ。唄声はクマゼミの鳴声しだいで強まったり弱まったりして、唄の内容までは聞き取れなかった。

この地を訪ねるのは一年ぶりである。

中山宝身は長旅を終え、幕領になったばかりの延禅寺に着こうとしていた。この地はとても温暖で、空は大口を広げて晴れ渡っている。山間《やまあい》の蒼穹には白い雲が浮かび、久しぶりの再会を喜ぶ女の姿になっていた。

宝身は歩きかけ、唇の端で笑った。

右頬に、長さ二寸ほどの刀傷がある。それを隠すために不精髭を生やしているのだが、笑うと変に引きつって凄味のある顔になってしまう。

また童唄が始まると、今度は内容がよく聞きとれた。

数え唄になっているらしい。誰かが人の嫌がることをして逃げたが、探されて縛られたと歌っている。誰が何をして、なぜ逃げたのかは不明。クマゼミの声で、五から後の意味が聞き取れないのだった。

寺の裏には庫裏《くり》があり、子どもの遊び場になっていた。

宝身は子どもたちを探そうとしたが、止めた。何事も隠密に行動するのが自分の仕事であるから、目立ってはいけない。今だって参道ではなくて、裏山の小道をこっそりと上がってきた。

「馬鹿なやつだ……」

宝身は呟き、歩きはじめた。

馬鹿なやつは誰でもいい。人の嫌がることをして縛られた者でも、それを知りたがっている自分でもクマゼミでもいい。今はそれら全てが馬鹿な奴に思える。手にした金剛杖《こんごう》で地面をどんと叩くと、先端につけた錫杖頭《しゃくじょうとう》がじゃらじゃらと鳴った。

裏山を過ぎると、周囲がよく見渡せた。

やはり境内のようで、子どもたちが数え唄を歌って遊んでいた。髪はぼさぼさで素足。衣服は継ぎはぎの袢纏《はんてん》で、腰のあたりを荒縄で結んでいる。ふざけ合っては、〈一つ人が嫌がる　わしも嫌……〉と歌っていた。

「そうだ……、わが子は無事に生まれたのだろうか?」

宝身は立ち止まると、小声で呟いた。

すると心の中で、〈ねえ、お願い。後生だから、わても一緒に連れてって〉と懇願する女の涙声がした。半分は諦めているが、半分は万分の一の期待をこめた媚びるような涙声であった。

このような時は目を閉じるに限る。

自分はあの時、〈よし分かった〉と言って女の肩を優しく抱き寄せた（と記憶する）。すると一年前の二人の姿が心を過《よぎ》ったので、宝身はまた〈馬鹿なやつだ〉と呟いた。

この仕事をはじめて以来、数十年が経っている。

最初はお役目ひと筋であったから、女のことなど考えたこともなかった。あの時だって〈承知した〉ではなくて、本当は〈戯言《たわごと》を言っちゃいけねえ〉と言って女の手を振り払った（と記憶する）。

今は悪いことをしたと思って、深く後悔している。

歳のせいだろうか、近頃はよく女のことを思い出すようになった。名前はおトヨで、肌がきめ細やかで、目は涼やかな女であった。今日はそのおトヨに会うためではなく、年に一度の〈見回り〉の役目を果たすために訪ねてきた。

「わしも四十を過ぎたので、長旅はつらい」

宝身は呟きつつ、長い石段を登りはじめた。

山伏姿の隠密であるから、竹笈《たけおい》という物入れを背負っている。手に金剛杖を持って、首には数珠とほら貝をぶら下げている。上着は篠懸《すずかけ》と不動袈裟で、下には白袴を着ている。これが山伏の決まり事であるが、近ごろは服装だけで重く感じる。

最後の石段を登った時、宝身はうっと呻《うめ》いてうずくまった。

幼少の頃から、胃の腑に持病を抱えている。また始まったようで、横腹が刺すように痛い。顔をしかめて耐えていると、脂汗が吹き出てきた。宝身は歯を食いしばり、懸命に前方を見た。

すぐ前方に、本堂が見えた。

本日の手筈では、延禅寺の田川源哉坊が出迎えることになっている。おトヨの出産が近いと報せたのも源哉坊であるから、ここは頑張らなければ。宝身が金剛杖にすがって懸命に歩いていると、寺の小僧が走り出てくるのが見えた。

＊　＊

「どうじゃ、腹の痛みは？」

濡れ縁で休んでいると、襖から丸顔が現われてきた。

住職の田川源哉坊であった。いい物でも食っているのか、また一段と太っている。裕福そうな人間を見るとなぜか生来の負けん気が顔をもたげ、〈それでもお主は弱い百姓らを守る公儀の隠密かい？〉と悪口を言いたくなる。

「なあに薬を飲んだから、じきによくなるわい」

宝身は我慢しつつ、痛みに耐えた。

薬が効いたのか、腹痛はもう消えかけていた。実は先ほど発作が出た時、宝身は急いで竹笈から常備薬にしている熊の胆《い》を取り出して飲んだのだった。まだ完全ではないが、じきに治ると思える。

「ならいいが、顔色がよくない。ここでしばらく休め」

まるで手下へ、下知するような物言いである。

宝身は一瞬むかついたが、我慢することにした。源哉坊は古い仲間であり、多くの修羅場をくぐり抜けてきた。いわば同輩であるのに、なぜか信用ができない。面倒見がいいようでずる賢く、時には敵と通じることもあった。早い話、ここの住職の地位もどうやって手に入れたのか不明である。

「お勤め大事もいいが、過ぎると身体によくない」

源哉坊が近くに座ると、かすかに酒の匂いがした。

するとまた、正義感がじわっと染み出てきた。この男は体《てい》よく寺の住職におさまっているが、実は日田の代官所に籍をおく隠密である。年に一度の割で、代官自身が西国（九州）の幕領を見回ることになっている。しかし代官は高齢であり多忙でもあるから、代わりに隠密らが見回っている。なのにこの男、昼から酒を飲んでいる……。

宝身はぶつくさ言いつつ、兜巾《ときん》を外した。

兜布は山伏の象徴ともいえるものである。しっかりと額に宛《あて》がい、紐で後頭部にひっかけて顎の下で結んでいる。シカの毛皮でできた曳敷《ひっしき》を外していると、不意にという感じで故郷のことが心に浮かんできた。

宝身の故郷は讃岐《さぬき》の国で、百姓の次男坊であった。

〈冷や飯食い〉という言葉がある。長男は家督を継げるが、次男以下の者は財産を継げないという制度である。あれは口べらしのために姉が奉公に出る朝のことで、父が〈兜巾を被ればご飯がたらふく食えて、即身成仏《そくしんじょうぶつ》もできる〉と言った。少年はいたく感動して即、公儀の隠密になる決心をした。

〈即身成仏〉とは生きたままで、仏になるという意味である。

少年は名前を宝身に変えて入門したが、修行はとても厳しかった。罪や穢《けがれ》を浄めるために滝に打たれたり、食事を断つ修行もした。弱い民衆を救うために、護摩《ごま》を焚いての代受苦《だいじゅく》という荒行もした。これらの修業の末に、やっと今の仕事についた。ご飯の他に給金をもらえるのだから、天にも昇る思いであった。

歳月とは不思議な生きものだと思っている。

経験をつむごとに初心の感動が薄れ、今では不浄なものがオリのように心に積もっている。四十を過ぎた今、おトヨの色香に迷ったのがいい例である。これでは〈即身成仏〉どころか、堕落そのものである。

「どうだ宝身坊。ここらでお主も身を固めろ。お主は本日、わが子を見るために来たんじゃろう？なあに分かってるさ。おトヨだったかのう、あの女」

源哉坊はにやりと笑った。

「いや、わしの仕事は庶民を助けることで、即身成仏を……」

〈冷飯し食い〉の腹イセなのか、宝身は声高に言った。

「そうだ、お主の仕事は西国（九州）の幕領を見回ることじゃ」

源哉坊もつられて声高になり、心配げにあたりを見回した。

ここは山奥である、怪しい人影などどこにも見当たらなかった。濡れ縁の斜め前方に粗末な境内があり、子どもらが例の不可解な数え唄を歌っていた。

「わしはただ……、おトヨが心配なだけじゃ。この地が安泰になったのも、全部わしら隠密の手柄じゃ。ここらで少し楽をさせてもらっても、罰は当たるまい。お主もよう働いたし、ここらでおトヨと……」

源哉坊はにっと笑って、覗きこんできた。

猥雑な冗談でも言いたいのか、過度の馴々しさである。宝身は心の中で、〈わしの仕事はおトヨとの色恋ではなくて、百姓らを救って即身成仏することだ〉と言った。

「ところで源哉坊……、この地にはもう不穏な動きはなかろうのう？」

宝身は癪にさわった分、皮肉っぽく言った。

今はこの質問のためにこそ、この地を訪ねている、新しくできた幕領内で、不穏な動きが起きたら大事《おおごと》である。

「何もないわ。あれ以来、ここではネズミいっぴき動かん。この地の者はみな心が穏やかでのう、争いごとなど大嫌いなのじゃ。そうじゃのう、安心？」

源哉坊はへらへらと笑い、近くの小僧の頭をぽんと叩いた。

すると安心という名の小僧も、〈ネズミいっぴき動きませぬ〉と言って笑った。〈ネズミいっぴき動かない〉とは大袈裟な表現であるが、数年前と比べればそうだろうなと思った。二年前の一揆では、多くの百姓が死罪になった。今後は二度と、不穏な動きがないように見張ることが隠密の役目である。そう思った時、また例の数え唄が聞こえてきた。

五で拷問　六で牢屋にしゃがみ込み　七で火あぶり
八でハリツケ　九で首切られ　十でとうとう死んだげな

子どもらは大声で歌い、笑い合っている。

唄はクマゼミの声と混ざりあい、何回も何回もつづいた。唄の内容からみて、明らかに二年前の百姓一揆を唄にしたものだと思った。

「どうだ、面白い唄じゃろう？　唄の名前は物騒でな、なんと〈お仕置き唄〉じゃ。オジ（＝怖イぞう、一揆は……」

源哉坊は戯《おど》けて、太っ腹をぽんと叩いた。

「この唄を作ったのは誰だ……、お主か？」

宝身は思わず、源哉坊の鼻を指差していた。

二年前、百姓一揆を画策したのは自分ら公儀の隠密であった。当時の百姓らは一揆が起きても当然なくらい、苦難に喘いでいた。しかしその苦難にじっと耐えていたのだから、本当に悪いのは百姓ではなかった。

「まあ落ち着け、宝身坊。わしはただ一人の住職として……、檀家の安穏を願うとるだけじゃ。

もう二度と、あんな一揆などを起こしてはいけない。あの唄のおかげで……、この地ではネズミいっぴき動かないのだ。これでいいではないか？」

源哉坊は優しく頬笑んだ。

いやそれ以上であり、宝身の肩に両手を置いてきた。源哉坊がもっとも得意とする仕草であり、二年前の一揆では大方の百姓がこの仕草に引っかかった（と今思う）。

「九で首切られ　十でとうとう死んだげな、……か？」

宝身は思わず、刀傷のある髭面に手を当てていた。

すると刀傷が思い出され、次に横腹がちくちくと痛みはじめた。二年前の百姓一揆と同じで、まるで連鎖反応であった。初め腹はじんわりと痛みだし、一揆は引くにも引けない大きな〈逃散一揆〉になってしまった。

(二)

三年前の晩秋、宝身は日田の代官屋敷にいた。

火急の用があるそうで、代官の小長谷勘左衛門に呼び出されたのだった。延岡藩の山陰《やまげ》という村で、不穏な動きがあるという。村で不穏な動きがあるとしたら、百姓一揆しか考えられない。宝身は西国の南にも、ついにその時がきたらしいと思った。

小長谷勘左衛門は西国の幕領を統括する代官である。

五十がらみの赤ら顔で、人当たりはよさそうに見えた。しかし豊後（大分県）の高松では、陣屋を兼ねるほどの切れ者でもある。蟀谷《こめかみ》には白いものが混じっているが、まだまだ元気である。代官は穏やかではあるが、寂《さび》のある声で切りだした。

「喜べ、宝身坊。これは願ってもない千載一遇の好機じゃ。いつもの手を使って、くれぐれも手抜かりのないように致せ」

西国の南ではまだ、幕領が一カ所もない。

江戸幕府は前々から欲しがっていたが、新しく幕領を作るのは容易なことではない。ある藩を取りつぶすか、それに等しい状態にしなければ幕領は作れない。取りつぶすにはそれなりの理由が必要であるが、そんな機会など滅多に巡ってはこない。

それでも幕府は早急に、幕領を作れと命じたらしい。

この命令の末端にいるのが公儀の隠密たちであれば、〈藩を取りつぶすか、取りつぶしたも同然の状態〉にする好機を窺っていた。しかし好機は見つからないのが通常であるから、今回のように画策するしか手はない。

画策とは陰で動くこと即ち、〈騙しの手〉である。

猟師がワナを仕掛けるのに似て、画策は相手に勘づかれないことが肝要である。だから呼び出された場所だって、代官屋敷でも陣屋でもなかった。日田盆地を貫流する三隅川沿いに、船遊びのできる遊里がある。代官はここを会合の場所に選んだようで、今から画策を練ることになる。

「ここが延岡藩の山陰村じゃが……」

代官は扇子を取り出し、目の前に広げた図面をさしていた。

かなり山奥のようである。この地はここ数年、何回もの風水害に見舞われたらしい。百姓には気の毒であるが、このような風水害や凶作がないと一揆は起こらない。そして一揆が起こらないと、藩領は作れないことになる。

「手筈はまあ……、いつもの通りでよかろう」

平凡ではあるが、自信に満ちた指示であった。

今まで代官に命じられたら、どんなことでも従ってきた。しかし最近、代官の言う〈いつもの通り〉に疑問を感じることがある。一揆を手伝うのは〈迷える衆生を救うこと〉でもあるから、救うことで〈即身成仏〉を体験することもできる。

「これができるのはお主しかいない。いつもの手を使って、延岡藩を叩け」

代官はかの地に幕領を作りたいのか、世辞を言った。

実はその日、宝身は気が進まなかった。半分は断るつもりで、漆間《うるしま》威光という若者も同席していた。若者は延岡藩の家老と反りの合わない林田半蔵の家来であるという。半蔵は家老の次男坊であるという。言わば〈冷や飯食い〉であるから、家老と反《そ》りが合わないのも当然だと思う。

威光は他にも、理由があると言った。

百年ほど前、薩摩軍は領土を拡大するために、南から攻め上ってきた。迎え撃つ大友軍との間に何回もの攻防があった。しかし大友軍は〈耳川の合戦〉で大敗し、数千もの兵を失った。その兵の中に威光の祖先がいたそうで、威光はその仇を討ちたいらしい。

「見てみよ、宝身。この地は場所といい産物といい、願ってもない幕領地じゃ。幕府の面々の笑顔が目に見えるようじゃ」

代官は功績を挙げたいのか、一人で悦に入っていた。

幕領にするには、いくつかの条件が必要である。まずは交通の要所であること。次に産物が期待できて、戦略的にみて都合のいい場所であること等である。なるほど代官が指している山陰村には、細島という良港がある。ここなら産物を船で江戸へ送り出すことも簡単だし、周囲の諸大名を監視することも可能である。

「他に名案はないかのう?」

珍しいことに、代官が意見を求めてきた。

宝身は頭を下げ、しばし思案していた。断るとしたら今しかないが、代官には何回も世話になっている。山伏であれば手形なしで諸国を歩き回れるし、たとえ百姓を騙しても咎《とが》められない。藩主を転封にしたり、領土を幕領にするのも江戸幕府の特権である。

「拙者に、いい考えがありまする」

その時、若い声がした。

声の主は同席する漆間威光で、首を垂れて畏《かしこ》まっていた。代官とは初めての目どおりである。最初は若造が何を言うという構えであったが、代官は申してみよと言った。

どうせ取るに足らない考えだろうが、聞くだけは聞いてやるという態度である。

「一揆を逃散にして、行き先を薩摩にしてはいかがかと……?」

威光が言うと、代官はほうと言って身を乗り出した。

現在、西国の幕領は日田が中心である。北に四日市（大分県宇佐）、西に天草があっても、南はお留守になっている。もしこの地を幕領にすれば、釣り合いが取れる。しかし南にはクセ者薩摩がどんと控えているから、簡単ではあるまい。

「逃散にして、百姓どもを薩摩に逃げ込ませるか。ふむ……。すると薩摩の落ち度にもなるって寸法か。なるほどのう……」

代官は腕組みをし、しばし両目を閉じていた。

幕府にとって、最大の難物は七十三万石をほこる薩摩藩である。もし百姓どもを薩摩に逃げ込ませれば、それを理由に薩摩藩を罰することだってできる。容易なことではあるまいが、なかなかの奇策ではある。

「威光とやら。なかなかの名案じゃが……、できるかのう？」

「秘策がありまする。拙者が熊野三山で修行をしている折……」

威光は自慢げに目を輝かせていた。

「ああ分かった、もうその先はいい。何事も穏便に頼む。その他にも、困ったことがあるでのう……」

どうしたのか、代官は急に威光の話をさえぎった。

また腕組みをして、目を閉じてしまった。話の腰を折られた威光は不服そうにしていたが、代官にはそれよりもっと大切な心配事があるらしい。

「存じておろうが……、延岡藩の有馬家と徳川家とは姻戚関係にある。ということは、余程のことがないと幕領は作れぬということじゃ。かといって構え過ぎると藩が取りつぶしになり、藩主の有馬殿が気の毒じゃ。ふむ……、困ったのう」

代官は珍しく、考えこんでしまった。

両家の姻戚関係なら聞いたことがある。戦国時代、徳川家康は織田信長のために長男の信康に切腹を命じた。その信康に今の藩主、永純の祖父である直純がとても似ていた。そこで家康は孫の国姫を直純に嫁がせ、両家は姻戚関係になった。あれから五十数年が過ぎてはいるが、逃散一揆はそのことも頭に入れて慎重に画策せよと言いたいらしい。

「だからこそ逃散にして、百姓どもを薩摩へ逃げ込ませてはいかがかと……？」

若い威光は怯《ひる》まず、〈逃散〉に拘《こだわ》った。

〈耳川の合戦〉で果てた先祖の仇を討ちたいのか、それとも仕える林田半蔵の君命なのかは不明。代官は腰を浮かせると、〈首尾よく、しかも事を構え過ぎないようにのう〉と言い残して部屋を出ていった。

宝身はこの時、若い漆間威光に負けたなと思った。

二人は気持ちを宙ぶらりんにしたまま、遊里を後にした。若い威光には自分の考えを取り入れてもらったという満足感が、宝身には若い威光に先を越されたという不満が残った。二人はこれらが原因で、別々に南の国へ下ることにした。

＊　＊

日田から延岡藩の山陰村へ下るには、二通りが考えられる。

一つが陸路で、豊後の竹田経由で山越えをする道。二つが豊後から海路で南下し、細島から徒歩で山地へと分け入る道である。二人は気まずい雰囲気になっているのだ。漆間威光は陸路で南下し、宝身は海路で南下することにした。

宝身の乗った船は今、豊後水道を南下していた。

季節は晩秋から初冬へと向かうところで、九州山地から吹き下ろしてくる北風が宝身の頬を冷たくした。宝身は北風を避けるように船べりに座り、ゆっくりと南下する海岸線の風景を眺めていた。

宝身の横に、女が座っていた。

昨日、佐伯の港で買った女である。名前をおトヨというらしいが、今日はまだ一言も話していない。漆間威光と別れた後、宝身は南下する船を探した。夕方になってようやく、百石ほどの小船が見つかった。隠密であるのを理由に強引に飛び乗ったが、船荷の代わりに舟子が数人いるだけの不審な船であった。

翌朝、船が佐伯の港に着いた時、その謎がとけた。

近くで人の声が聞こえたと思った時、数珠つなぎになった男女がぞろぞろと出てきた。一人を除いてすべてが十歳ほどの男女で、それぞれが腰を荒縄でくくられていた。どうやら出没すると聞く、人買い船に乗り込んでいたらしい。

一行は下船すると、近くの小屋へと歩きはじめた。

子どもの最後尾を大人の女が一人、ぽつんと抜きん出るように歩いていた。舟子らにさんざん辱《はずかし》められたのだろう。肌はきめ細かそうでも目は虚《うつ》ろで、衣装も破れていた。

買い手の待つ小屋に近づいた時であった。

舟子が何ごとか叫ぶと、女の悲鳴が聞こえた。舟子が女へ、〈お客さまには愛想よく笑え！〉と怒鳴り、数発なぐったのだと分かった。倒れた女は足蹴にされ、引っ張りあげては平手打ちにされた。宝身はそれを見て、女を庇《かば》うために前へ進み出ていた。

まさに一瞬の出来事であった。

一揆という大仕事を前にして、なぜ女を庇ったのか自分でも分からない。〈即身成仏〉とか〈迷える衆生を救う〉という修験道論を持ち出してもいいし、女が奉公に出された姉によく似ていたからと言い換えてもいい。

「隠密だから乗してやったのに、なめやがって！」

一人の舟子が片肌をぬぎ、匕首《どす》を引き抜いた。

ニワトリが外敵と戦う時みたいに、肩をいからせている。他の舟子たちもそれにならって、匕首を抜いて取り巻いてきた。金剛杖には仕込みがしてあるが、それを使うこともあるまい。宝身がそう思って身構えた時、〈お前ら、止めろい！〉という叫び声がした。船主と思える男であった。

「旦那はん、この女を買いなはれ。三十の年増《としま》で、もうトウは上がってます。二貫三十文で……、どうだす？　安うおまっせ？」

男はしわがれ声で言いつつ、近寄ってきた。

もし女を買ったらこの場は収めてやる。そんな物言いであり、ただそれだけであった。今は一揆という大仕事が待っているのだ、舟子たちと斬りあいなどはしたくない。そう思って女を買ったのだが、二貫三十文が高いのか安いのかは全く不明であった。

女は軽く目礼をして、大坂の出だと言った。

十日ほど前、息子と祭り見物に出かけた時に人買いに拐《かどわ》かされたという。息子が先日、四国の宇和島で買い取られたので、今は悲嘆にくれていると説明した。正直な話であるのか否かは不明。女の素足が小さく震え、汚れた頬と唇はかさかさに乾いていた。

秋の西日が山々に沈むと、急に肌寒くなってきた。

船はようやく延岡藩の細島港に近づいたようで、船底ではまた怒鳴り声がし始めた。ここは良港だそうで、千石船が何隻もつないであると聞いている。薄暮に目をこらすと、東に大きく広がる港が見えてきた。

宝身は一瞬、身を乗り出した。

この地形なら入り船には都合のいい東風が吹き、出船にも都合のいい西風を受けることになる。おまけに北風を防ぐように、南北には高い山々が聳えている。ここまで揃っているのだ、代官がこの地を幕領にしたがるのも当然だと思った。

下船したのは日没後であった。

数珠つなぎの子どもたちが暗い港町に消えると、ふいと淋しさと寒さが襲ってきた。二人はゆっくりと、家並みにそって歩きはじめた。両側には華やかな軒行灯《のきあんどん》をつるした船問屋がならび、その間に小間物屋、船宿、飯盛り屋などが軒をならべている。

二人は無言のまま、飯屋に入った。

出されたのは麦めしと、添え物としてのイワシの味噌煮と大根汁であった。女はよほど空腹であったのか、音をたてて食べ始めた。宝身にはこの先、百姓一揆の画策という大仕事が控えていた。この女と一緒であると多分、仕事はできないだろう。

「食べたら国元へ帰れ。路銀は……、わしが出してやる」

宝身は思い切って言ったが、女は食うことで忙しかった。

食べ終わってから同じことを言うと、女は初めて顔をあげた。そして不思議そうに見入ってから、わっと泣きはじめた。女に泣かれたのは初めてのことで、宝身はすっかり面食らってしまった。

仕方なく店を出ると、女も後をついてきた。

さてこの先、どうすればいいのだろうか？　やはりあの時、女が奉公に出された姉に似ていると思ったのが悪かったようだ。女は子犬のように離れず、どこまでもついて来るつもりらしい。宝身は諦めて、黙って歩き続けた。

（三）

港から三里も歩けば、田川源哉坊の待つ延禅寺である。

三人は海に近い定福寺で落ちあった後、先ずは下見をすることにした。寺の近くに、威光の祖先が戦った〈耳川の合戦〉の川が流れている。その耳川に沿って遡《さかのぼ》っていくとすぐ山また山になり、後は文字通りにわけ入ってもわけ入っても山ばかりであった。

山陰村はそんな山間地の中ほどにある。

最奥にいたる手前で支流の坪谷川が合流するが、山陰村はその坪谷川ぞいに点在する小さな集落であった。周囲からは山々が被さるように迫り、人家はそんな山々の傾斜地にぽつんぽつんとしがみついていた。

農地はどこも猫の額ほどの棚田であった。

数年前、この棚田を立てつづけに風水害が襲ったと聞く。このような時には検見《けみ》をして農民らを救済することになっているが、役人は検見どころか強引に年貢を取り立てているという。

その村役人が郡代の梶田十郎左衛門であった。

百姓らは村役人を〈鬼か蛇〉と呼んでいるらしい。五十もの年貢や苦役を与え、果たさない者には科銀まで課していると聞く。仕方なく家財を質入れして科銀を払うことになるが、それができない者はムチ打ちや水責めの刑になるらしい。

一揆を起こす条件は十分に揃っていた。

長年の経験から言って、放っておいても一揆は起こるだろう。一揆は藩政の落ち度であるから、江戸幕府はその罰として領土の一部を幕領として没収してきた。条件が揃っているのだ、後は百姓らの不平不満を煽《あお》って一揆を起こさせればいい。

難点をいえば、山陰村だけでは小さ過ぎることである。

一揆の規模が小さいと、幕領にする領土も小さいことになる。三人は話し合って、その範囲を山陰村を含む耳川流域すべてに広げることにした。百姓の数が千五百人を超えるから、一揆は期待どおり大きいものになるだろうと思った。

それでも後ふたつ、困ったことがあった。

一つは範囲を広げ過ぎたら、互いの連絡が取りにくくなる。連絡が徹底しにくいと、後は三段論法である。連絡が徹底しないと百姓一揆はばらばらになり、一揆がばらばらになると肝心の幕領は作れないことになる。

そこで耳川流域を、三つに区切ることにした。

三つに区切って、百姓代表と隠密ひとりを置く案である。この案でも、若い漆間威光は持論を押し通した。どうしても耳川の河口にある定福寺が欲しいという。仕方なく源哉坊は上流にある延禅寺を、宝身は中流域にある就願寺を拠点に画策をすることになった。

画策を進める中でも、問題点が浮かび上がってきた。

大事を前にして、仲間割れほど危険なものはない。威光が〈薩摩〉への逃散一揆に拘《こだわ》るから、話がややこしくなっていた。三人とも修験者の姿に変身し、密会する場所は役人の目につきにくい近くの滝と決めた。

この案は全て、〈薩摩〉に拘る威光の案であった。

あまりにも唐突であったので当然、源哉坊は反対した。すると威光は例の熊野三山での修行をもち出し、隠密の素晴らしさを力説した。それでも反対すると、威光は〈耳川の合戦〉を持ち出して〈薩摩〉へ仕返しをしたいと言い張った。

この時点で、画策はこじれてしまった。

威光は熊野の本山派であるが、源哉坊は彦山（＝福岡県）を拠点とする一つの集団にすぎない。二人はおよそ百姓一揆とは関係のない宗派のことで怒鳴りあい、時には斬りあう寸前までなるのだった。

その後、理由らしきものが分かってきた。

噂によれば現在、威光が仕える林田半蔵が耳川の河口近くに潜《ひそ》んでいるらしい。半蔵は延岡藩の家老の次男坊である。従って藩に協力するべき立場であるのに、いつも藩政には反抗的であるという。

この噂を聞いて、宝身は少しほっとした。

林田半蔵が次男坊であるなら、半蔵は自分と同じ〈冷や飯食い〉である。家督を継ぐ権利もなければ、出世の見通しもないのだ。そこで半蔵は〈冷や飯食い〉の不満を晴らすために、そして威光は〈耳川の合戦〉の仇を討つために画策を練ることになったのだろうか？

＊　＊

八月下旬、宝身は自分の中流域をまとめる市助を訪ねていた。

役人が見張っているから、訪ねるのはいつも夕方である。水を所望するか、憚《はばかり》を借りる振りをするかどちらかであった。そのわずかな時間を利用して、地区内の様子を聞き出すことになる。

「薩摩へ逃げ込めば、ホンナコツ（本当に）食えっつか？」

竹杓《ひしゃく》に入った水を渡しながら、市助が小声で言った。

三十半ばであるのに前歯は欠け、話すと空気がすうすうと漏れてくる。ここらの百姓はみな同じで、骸骨みたいに痩せていた。八月下旬といえば稲が開花する頃であるが、今はその種モミを食っているという。雑穀だろうと大根だろうと、作ったものは何でも役人が持ち去っていく。食物は大根の葉っぱしか残らず、餓死するものが後を絶たない。

「ふむ、薩摩か……」

宝身は答えに困った。

一揆を〈薩摩への逃散〉に変更して、数カ月が過ぎていた。不思議なもので、あれを期に百姓の心が一つにまとまった。薩摩には金山が多く、死んだ者は金になって光ると説得してある。これが威光のいう策であるが、根も葉もないゴマカシであった。百姓たちは薩摩に逃げ込みさえすれば生活が楽になり、たらふく食えると信じこんでいた。

「薩摩へ行けばワラジに金がくっついての、それを洗えば金がどっさり採れるという噂じゃ。これは絶対……、他言無用だぞ」

宝身はこれを言うたびに、心が痛くなった。

百姓たちは逃散一揆に命をかけている。とくに市助ら首謀者がそうであった。一揆が成功しようが失敗しようが、首謀者らは必ず死罪になるのも知っていた。

市助には子どもが二人いると聞く。

妻は他に五人もの子を産んだ。しかし人頭税形式であるから、家族が多いと年貢が高くなる。生まれたらすぐ殺してしまう。いつもはアゲバ（産婆）に頼むが、五人目はアゲバに払う金子がなくて妻が殺した。妻はそれがもとで気が狂い、今は寝たきりであると聞く。

「九月十九日の件だが……、用意はできたのか？」

宝身はあたりに気を配り、小声で聞いた。

細かな時刻や集合場所は未定であるが、決起する日はすでに決めてある。役人に気取られないように、一斉に立ち上がるのが百姓一揆の鉄則である。分かってはいても、念には念をいれた方がいい。

「近ごろヒョクッチ（突然）、妙な虚無僧《こむそう》がくるが……」

市助は答えつつ、不審な顔をした。

そういえば最近、不審な虚無僧を見かけるようになっている。屈強な虚無僧たちで、すれ違った後、編笠ごしにじっと見すえてくる。もう長居は無用だ、宝身は用心しろと言って立ち上がった。

「捨吉がゴロイト（ついに）、水責めになったゲナ」

市助は顔を近づけ、怯えた声で言った。

捨吉は貧しい百姓で、年貢を納めていないと聞く。納めない者には科銀が課されるが、捨吉はそれもできないらしい。罰としてハシゴに縛り、顔に水をかけるのが〈水責め〉である。腹が水でいっぱいになると逆さにして水を吐かせ、また仰向けにして水をかける。

「爪から血水が出たゲナ……」

歩きかけると、市助の小声が追ってきた。

まだ捨吉には会ったことはないが、東国から人買い船で連れてこられた者だと聞いている。痛ましい水責めの場面を想像しながら、宝身は逗留している就願寺へと向かった。

足元に夕闇がしのび寄っていた。

見わたす限り、山また山である。里が暗くなっても、山頂はまだ金のように輝いて見える。輝くものに憧れを感じるのは一揆が半月後に迫っている所為《せい》なのか、それとも薩摩にあると聞く金山のせいなのか……？

宝身は就願寺の石段を登りながら、ふと立ち止まった。

先ほどから人の気配を感じていた。気配というよりも、かなり強い殺気であった。一つは石段の下で、あと一つが右前方の鳥居のあたりだ。宝身は仕込み杖になっている金剛杖を握りなおして、用心深く石段を登った。

登り切った所で、〈たあっ！〉という叫び声がした。

目の前を二つの影が横切ったので、宝身は思わず仕込み杖を横に払った。例の虚無僧たちのようで、薄暮の中をじりじりと迫ってきた。二つの影が抜き身を下段に構えた時、宝身はこの構えには覚えがあると思った。

「うまいこと考えたな……、お主らの企み」

暗闇の中で、右手の編み笠が口をきいた。

声には薩摩訛《なま》りがあった。もし薩摩の者であるなら、この構えは薩摩の示現流である。もしそうだと仮定しても、なぜ薩摩の者がオレの命を狙うのか？　もしかして仲間の中に、裏切り者がいるのでは？　もし裏切り者がいたら、それは誰で何故なんだ？　薩摩への逃散を力説する漆間威光と、それに反対する源哉坊の顔が浮かんでは消える。

「止めんか、そげなコソクなまねなど！」

別の編み笠がわめき、切っ先を地面から跳ね上げてきた。

宝身は一瞬飛びのいて横に払い、別の切り込みを返しで受けとめた。すると次の白刃が走り、それも横に払った。手応えはあったが、自分の顔にも痛みが走った。次の瞬間、目の前でチンという金属の音がした。それが折れた刀が地面に落ちる音だと分かった時、相手がくずれるように片膝をついた。

「よかか！　止めんとケ死ンど！」

別の編み笠は叫び、傷ついた仲間の肩を支えていた。

どうやら闇討ちは終わったらしい。宝身は後を追わずに、暗くなった裏山へと人影が消えるのを見ていた。その時、斬りあいに気づいた源哉坊とおトヨらしい人影が走り出てくるのが見えた。

「旦那はん、顔にお怪我が！」

おトヨがかけ寄り、手ぬぐいを押し当ててきた。

右頬に二寸ほどの刀傷があったが、骨には達していないらしい。

「この場は見なかったことにして……、一杯やってくれ」

宝身は懐から金子を取り出し、源哉坊へ渡した。

三人で一揆の画策をしているが、なぜかこの男は心からの信用はできない。〈冷や飯食い〉の負け惜しみなのか、金子を渡した自分も腹立たしい。しかしおトヨは源哉坊の寺に居候しているのだ、金子を手渡すのが当然であろう。

宝身は源哉坊と別れ、本堂の裏にある小屋へと向かった。

中はまっ暗で、おトヨは急いで火打ち石を叩きはじめた。つけ木に火をつけ、上がり口の行灯《あんどん》に火を移す。流れるような手際よさである。おトヨはここ数カ月間で血色がよくなって、すっかり元気になっていた。

「傷は軽ろうおます。もう危ないまねなど……、止めなはれ」

おトヨは宝身の怪我の手当てをするつもりらしい。

灯心か何かを促すように音をたて、刀傷にかがみ込んでくるおトヨの胸や腰も甘い匂いを放ち始めた。二貫三十文で買ったのだから、この女はオレのものだ。ふいと淫らなことを考えたが、すぐ見たこともない男が心に浮かんだ。それは大坂で、妻子の帰りを待っているであろうおトヨの亭主であった。そうだと分かると一瞬、気持ちは萎えていた。

「一揆があるって噂ですな。あんさんは優しいから、百姓はんの味方でっしゃろ?」

「百姓の味方か、ふむ……。かもしれんし、違うかもしれん。人間、切羽つまれば何をしでかすか分からん」

宝身は困ったように、頭をかしげた。

仲間との画策の食い違いを言ったつもりであったが、なぜか心がちくちくと痛んだ。オレの横腹にはたちの悪い腫れ物があるようで、都合が悪くなるとすぐ痛み始める。刀傷の痛みに耐えて立ち上がろうとした時、おトヨの腰に倒れてしまった。

するとおトヨは一瞬、身構えた。

いや、何かを待っているようにも見えた。何も起こらないことが分かるとおトヨは微笑を浮かべ、〈あんさんは見ているだけで、何もようしまへんなあ?〉と言った。言いつつ宝身に寄り添い、衣服を脱ぎはじめた。

「わての恩人なのに……、何のお返しもできしまへん。命に代えてもお守りします」

おトヨは横になり、薄暗い行灯の下から両腕を差し延べてきた。

＊　＊

刀傷が癒える頃、一揆は画策どおりに行われた。

元禄三（一六九〇）年九月十九日のことで、宝身の刀傷もほぼ完治していた。今は寅の刻（午前四時）である。耳川の瀬音に野鳥の鳴き声が混ざると、馬の嘶《いなな》きや人々のざわめき声などが聞こえ始めた。

一揆の数は千人を超すのだ、長蛇の列になっていた。

先頭は源哉坊の指揮する最上流の百姓たちで、たくさんのムシロ旗を掲げていた。これに卯の刻（午前六時）、宝身が指揮する中流域のムシロ旗が合流すると、山陰村の百姓はほとんど居なくなっていた。昨日までは苦労してきたけど、薩摩へ逃げると飯がたらふく食えて、たとえ死んでも金になって光り輝くという。

命を懸けた一揆である、百姓たちの顔は明るかった。

ムシロ旗の後には馬にまたがる首謀者の市助らと、竹槍《たけやり》を担いだ若者たちが胸を張って控えている。その後に荷物を背負った牛馬をひき連れた百姓らが並び、それぞれが鋤や鍬を担いだり、鍋釜やニワトリをぶらさげていた。

しかし正午になった頃、事態は一変した。

後から人馬が追ってきたのだ。百姓らが〈鬼か蛇か〉と恐れているあの郡代、梶田十郎左衛門の手の者であった。役人はムチを振り回しながら〈村へ帰れ！〉と怒鳴り、一行は怯えながらひと固まりになった。

その後、事態はまた一変した。

竹槍と鉄砲をもった若者らが大声を張り上げ、人馬を取り囲んだからである。若者らは宝身らが指示した通りをやっているのだが、役人には多勢に無勢であった。あの恐ろしい役人を追い返したのだ。百姓たちは何度もムシロ旗を揺らしては歓呼の声をあげた。

宝身たちは遠くから、この様子を見守っていた。

全てが画策どおりに進んでいる。順調すぎるから、気味が悪いほどであった。こうなったら、心配事はただ一つである。威光の指揮する下流域の百姓らが明朝、画策どおりに動くかどうかである。

その夜、一行は耳川の川原で野宿をした。

集落ごとに大きな篝火《かがりび》が立ち上がり、秋の夜空をまっ赤に染めた。もう役人などは恐くないし、村にも未練はない。夢はただ一つ。金で溢れる薩摩へ逃げ込み、飯をたらふく食うことである。百姓たちは声高に唄を歌い、なかなか寝入りそうになかった。

そう思った瞬間、宝身は奇妙な幻想に取りつかれた。

この地は百年ほど前に、〈耳川の合戦〉が行なわれた戦場でもある。数千もの大友軍が薩摩軍に討たれたり、溺れ死んだと聞いている。その兵の一人が威光の祖先であったそうで、威光はその仇を討ちたいと強く願っている。

そう思うと、幻想はさらに大きく広がった。

威光が仕える林田半蔵は延岡藩の家老の次男坊であり、藩の考え方には反抗的であると聞く。その半蔵がなぜか最近、この地に隠れ住んでいるらしい。幻想は現実に変わって、数人の虚無僧たちがぞろぞろと出てきた。

宝身は心配になって、威光を探した。

先ほどまで一緒に一揆の様子を見守っていたのに、威光の姿はどこにもなかった。百姓たちは寝静まっているが、すぐ近くで殺しあいが始まろうとしていた。相手は間違いなく、薩摩の虚無僧である。宝身は捨ててはおけないと思って、源哉坊と一緒に川原へ走り出た。

だが残念、間に合わなかった。

二つの断末魔が聞こえた時、二つの人影がどっと倒れた。一人は威光であり、あと一人は薩摩の虚無僧であった。駆け寄って肩を揺すったが、両者ともすでに息絶えていた。虚無僧は薩摩の安泰を願って死んだのだろうが、威光が祖先の仇を討てたのかは不明であった。

その時、近くの茂みで人影が動いた(と思った)。

夜目である上に、遠目でもある。判然としないが、武士であるのは確かであった。宝身は咄嗟《とっさ》に、オレと同じ〈冷や飯食い〉の林田半蔵なのでは?(と思った)。もし林田半蔵であったとしたら、半蔵は部下思いの優しい侍であったことになる。

威光は死んだが、一揆は画策どおりに進んだ。

翌朝、一行は何事もなかったように始動した。たとえ威光が死んでも、下流域の百姓らは画策どおりに集まったのだ。決起したのは山陰、坪谷、小野田、そして下流域の深瀬などの農民で、総勢で千五百人ほどになっていた。

一行は最終点の深瀬で、耳川を渡った。

ここは河口に近いから、名前の通りに瀬が深い。深いと、女、子ども、高齢者たちは渡れないことになる。しかし心配ご無用で、このことに備えて川舟を用意していた。耳川を対岸に渡れば、もう延岡領を抜け出たことになる。

そう思うと、一行はますます意気盛んになった。

しかし長蛇の列が又猪野《またいの》という集落に着くと同時に、一行は役人らに足止めにされた。この地は延岡藩ではなくて、高鍋三万石の領内である。実は宝身らが事前に画策して、この地で足止めするようにと高鍋藩に頼み込んでいたのだった。

㈣

五で拷問になり　六で牢屋にしゃがみ込み　七で火あぶり
八でハリツケ　九で首切られ　十でとうとう死んだげな

寺の境内で再度、子どもらが〈お仕置き唄〉を歌いはじめた。

するとと不意と、又猪野で足止めにされた二年前の光景が心に蘇《よみがえ》ってきた。なにしろ千五百人もの一揆である。延岡藩の役人は驚愕し、必死になって百姓たちを説得した。帰村すれば年貢は取らないとか、一揆の首謀者も罰しないという誓約書まで書いた。しかし効果はなく、百姓たちは頑として又猪野を離れなかった。

それでも江戸幕府に知れると、情況は一変した。

関連した全ての者が江戸に呼び出され、評定所で審議された。延岡藩は徳川家と姻戚関係にあったが、城なしの藩主になって越後の糸魚川へと転封された。郡代の梶田十郎左衛門はお役御免になり、村役人や庄屋らは所替えになった。威光が仕えた林田半蔵の刑はさらに重く、なんと討ち首の刑であった。

百姓たちも同罪で、〈お仕置き唄〉の文言通りであった。

一揆をうまく画策するために、流域ごとに首謀者を置いた。宝身が画策した地区の首謀者は市助であったが、妻子にいたるまで江戸へ連行された。そして牢屋に入れられた後、〈ハリツケ〉の死罪になった。その数は二十余人であった。

「薩摩を道連れにできなかったのは残念だが……、この度の幕領作りはわしらの勝ちだろうのう……」

源哉坊は自慢げに言った。

「しかし源哉坊、又猪野では百姓らが……」

宝身は〈八十人も病死した〉、と言うつもりであった。

病死の他にも、怪我をした者や病人などが多く出た。すると源哉坊はしいっと言ってあたりを窺い、〈お主はすぐ仏心が出るからいかん。やっぱおトヨが可愛のかのう……〉と言った。いつもこんな調子で、源哉坊は自分に都合が悪くなるとすぐ話題を変える。

「先ごろ報せがあっての。延岡藩には下野国（栃木県）の壬生《みぶ》から、三浦明敬殿が二万三千石の藩主として移封されるそうじゃ。有り難いことじゃ。この地が幕領になったのじゃ……。そうじゃのう、安心？」

源哉坊は再度、近くの小僧の頭をぽんと叩いた。

「お勤め大事もいいが、お主も歳だ。おトヨが待っとる、早く行ってやれ」

宝身が腰を上げた時、別のわらべ唄が聞こえてきた。

　ねんねんころりよ　おころりよ　ねんねしないと川流す
　ねんねんころりよ　おころりよ　ねんねしないと墓立てる

聞きなれない女の子の子守唄であった。

男の子どもたちはもう帰ったようで、赤子を負ぶった女の子がひとり居残っていた。百姓の子どもだろうか、顔がうす汚れて髪はワラスボでくくっていた。歌っているのか泣いているのか、女の子は思い出したように赤子を揺すっている。

宝身は子守唄を聞いて、物騒な唄だなと思った。

女の子は〈ねんねしないと川流す〉と歌っている。それはかりではなく、〈ねんねしないと墓立てる〉とも歌っている。そう、そうだった。早く帰らなければ。源哉坊の報せによれば、おトヨは子供を産んだらしい。

＊　＊

源哉坊の寺を出ると、ある光景が不意と心を過った。

あれは一年前である。わしは薩摩の虚無僧に頬を斬られ、おトヨが傷の手当てをした。目の前で白い乳房が揺れたので、わしは思わずおトヨに抱きついた（と記憶する）。初めての経験だったので、わしは得体の知れない感情に襲われた（と今思う）。

その後、おトヨとの日々は夢のように過ぎていった。

六月になると江戸での評定がくだり、七月には百姓らが帰村してきた。するともう、この地に留まる理由がなくなった。運悪くというのか運よくというのか、その頃に西国の天草で不穏な動きがあるという報せが届いた。

「一人になると思うと、わては心細うて悲しくて……」

おトヨは旅支度の手を休めて、ぽろぽろと涙を流した。

不思議なもので、人の一生は生まれると同時に決まってしまう。山の子として生まれたら、炭焼きかキコリ。貧しい旅芸人の子として生まれたら、同じ運命を辿《たど》ることになる。おトヨは多分、この運命の悪戯に気づいて泣いている（と思った）。

「ねえ、わても連れてって。迷惑はかけしまへん。連れてっておくなはれ！」

おトヨは正座して、頭を板敷きにこすりつけていた。

「それはできん。わしは公儀の隠密だ……、女など連れては歩けない」

そう言って、おトヨの肩に手を置いた。

「そうだよねえ……。わては二貫三十文しかないオナゴやし……」

おトヨは顔を上げると、新しい涙を流しはじめた。

そんな顔を見て、どこか故郷の姉に似ているなと思った。いや、似ていると思ったから二貫三十文で買ったわけで、この女も姉以上の悲しみを抱えているのだ。そう思った時、おトヨはいきなり宝身の手を取って自分の下腹に押しあてた。

「ここ、ここに……。旦那はんのヤヤが……」

それを聞いて一瞬、耳を疑った。

「嘘だろう？　嘘言っちゃいけねえよ！」

驚きのあまり、急いでおトヨから離れた。

この女は嘘をついている。ここから逃げ出したい一心で、赤子が生まれると言っているに過ぎない。計算高くて、ずる賢いのは源哉坊だけでたくさんだ。そう思った時には兜巾をつけ、竹笈を背負っていた。

「ほんまどす。ほんまに旦那はんのヤヤがここに……！」

おトヨはすがりつき、わっと泣きくずれた。

日田からの達示が届いて、天草で不穏な動きがあるとあったのだ。公儀の隠密であるから、急がねばと思った。おトヨが本当に孕《はら》んでいるのなら、赤子は多分オレの子どもだろう。そう思うと嬉しくなり、〈行くのは止めようかな？〉とも思った。

㈤

ねんねんころりよ　おころりよ　ねんねしないと川流す
ねんねんころりよ　おころりよ　ねんねしないと墓立てる

宝身は今、記憶から抜け出るところであった。

境内ではまだ、女の子が例の子守唄を歌っていた。なんとも不吉な子守唄である。急いでその場を離れたが、子守唄はどこまでも後を追ってきた。最後には耳鳴りになり、〈川流す、墓立てる〉と言いつづけた。

宝身は急いでその場を離れ、寺の裏へ回った。

一年しか経っていないのに、全てが新鮮に見えた。年貢が軽減され、検見も実施されたと聞く。〈ネズミいっぴき動かない〉とはこのことである。寺から見下ろすと山津波に流された棚田が見え、そこで百姓らがせっせと農作業をしていた。

「あ、宝身坊。ちょっと話が……」

振り向くと、源哉坊が立っていた。

心配になって、後を追って来たらしい。その証拠に、目が当惑げに泳いでいた。源哉坊には世話になるたびに小銭を渡してきたが、昨年は渡さなかったと記憶する。天草での仕事で気が急《せ》いていたのか、おトヨが子を孕んだと聞いて気が動転していたのかは不明。

「それで、おトヨは今……？」

宝身は迷わず、聞いてみた。

〈無事に生まれたのかい？〉、と聞くつもりであった。しかし源哉坊は答えず、当惑げに何事か呟いている。呟きを終えると、寺の裏にある小屋へ急げと言いたげに顎をしゃくった。宝身がいよいよおトヨと赤子に会えると思った時、源哉坊は〈ここがねえ〉と声を出して言いつつ自分の頭を指さした。

宝身は不審に思ったが、滑りの悪い雨戸を押し開けた。

入ったところが土間であるが、薄暗くてよくは見えなかった。それでも足元には粗末な竈《かまど》があり、その横にすり切れたおトヨの草履《ぞうり》が転がっていた。人の気配は土間ではなくて、囲炉裏の奥に敷いてある夜具の中あたりであった。

「ねんねんころりよ　おころりよ　ねんねしないと墓立てる」

とその時、脅かすように歌声がした。

声が低く擦《かす》れているから、男女の区別がつかなかった。それでも、例の子守唄を歌っているのは確かである。よくよく見ると声の主は女であり、赤子の代わりに枕を抱きしめていた。さらに近づくと、女はおトヨであることが分かった。

〈これは一体……?〉

宝身は呟きつつ、源哉坊を振り返った。

源哉坊はまた意味不明のことを呟いた後、〈隠密の身でありながら子どもなどを作りやがって……〉と言った。そしておトヨを指さして、〈ここが、ここが〉と言いつつ自分の頭を小突いた。

「おトヨは無事に……、子どもを産んだんですか?」

「そうじゃ、男の子じゃった」

「それで……、子どもは今どこに?」

「だからその……、墓を立てたのじゃ」

宝身は一瞬、玄翁《げんのう》で頭を殴られたと思った。

それって自分の子どもを殺す、〈間引き〉ではないのか? この地では〈へし児〉と言うらしいが、おトヨはわしの赤子を殺して〈墓を立てた〉のだろうか? いや、そんな酷《むご》いことなど絶対に考えられない。しかし源哉坊は頭を指さし、〈ここが、ここが〉と言っている。

〈もしかしておトヨはわが子を殺し、気が狂ったのでは?〉

宝身は再度、頭を殴られたと思った。

すると頭がくらくらとし始め、じわっと冷汗がにじみ出てきた。冷汗が出ると、後は一直線である。持病が目覚めて横腹がちくちくと痛み始め、鼓動も早くなってきた。

「誰が……、誰がわしの赤子を殺したんだ？」

宝身は横腹を押さえ、喘《あえ》ぐように言った。

「銭が……、銭がないと殺すしかなかろう」

「おトヨが……、赤子を殺したって？　嘘だろう！」

宝身は信じられないと思った。

わしは二年前の船中で、おトヨを二貫三十文で買った。買っても虐待はしなかったし、一人の女として扱ってきたと信じる。だからおトヨはわしに恩はあっても、わしの赤子を殺すことなど絶対に考えられない。

「本当に……、おトヨが殺したのか！」

宝身は大声で叫ぶと、源哉坊の胸ぐらを摑んでいた。

源哉坊は答えに困ったのか、胸ぐらを摑まれたまま黙っていた。黙られるとさらに腹が立ち、宝身は源哉坊の胸ぐらを強く揺さぶった。すると源哉坊は〈本当のことを話すから、手を放せ！　放せ！〉と叫んだ。

「殺したのはアゲバ（助産婦）じゃ……。三十過ぎの女の赤子じゃ。難産でのう……」

源哉坊は呼吸を整えながら言った。

陣痛が始まったのでアゲバを呼んだが、おトヨはなかなかの難産であったらしい。それでも半日ほどをかけてやっと出産したが、赤子はかなり弱っていた。さらに悪いことに、おトヨにはアゲバに支払う金子もなかった。

「このような時は……、〈へし児〉にするのが当地の習わしじゃ」

源哉坊は言いつつ、乱れた衣服を整えはじめた。

自分には何も、落ち度はないという構えである。確かに天草へ旅立つ時、自分には余分な手持ちがなかった。余分な手持ちがないから、源哉坊にも金子を渡さなかった。ああ、わしは〈冷や飯食い〉が嫌だったから公儀の隠密になったのに、〈即身成仏〉どころかわが子も守れなかったことになる！

「赤子を殺したのは……、わしじゃねえぞ！　即身成仏……。わしは長い間、弱い百姓の味方をしてきたんだ！　即身成仏……。弱い〈冷や飯食い〉を苛《いじ》め、〈へし児〉にしたのはいつも役人どもじゃ！」

宝身は自暴自棄になり、仕込み杖をさっと横に払った。

杖は仕込み通りに動いてくれたが、何の手応えもなかった。すると例によって例のごとく、胃の腑が激しく痛みはじめた。宝身は横っ腹を押さえておトヨに近づき、〈すまねえ！　すまねえ！〉

と言いながら赤子代わりの枕を奪い取ろうとした。

しかし残念、奪い取ることはできなかった。

おトヨは母性本能に目覚めたらしい。赤子代わりの枕に縋《すが》りつき、放そうとはしなかった。宝身が諦《あきら》めるとおトヨは安心し、枕を優しく揺すりながら例の子守唄を歌いはじめた。

ねんねんころりよ　おころりよ　ねんねしないと川流す
ねんねんころりよ　おころりよ　ねんねしないと墓立てる

参考資料
＊甲斐勝著『天領と日向市』
＊南邦和著『神話』など
＊資料によれば江戸時代から明治にかけ、県内では百姓一揆が何回も発生している。そのいくつかはなぜか、〈薩摩への逃散一揆〉であったという。

カジカの里

（一）

「優しく、優しくしてチョウダイネ！」

突然、幼女の叫び声がした。

甘えながらも、人をとがめる高い声であった。一回ではない。幼女は何回も何回も、〈優しく、優しくしてチョウダイネ！〉と叫ぶ。母のシラガ頭を撫でている時であったので、下川はひどく驚いた。

遠距離介護とはよく言ったものだと思う。

世界の要人がクシャミをしただけで、世界の経済事情は変わるといわれる。悪く変わった場合が大変で、その影響は遠距離介護にもおよぶ。母が二度目の脳内出血で倒れた時がいい例で、下川は社員にリストラを言い渡すことになった。今は大手企業のマゴ会社で働き、人事課の課長補佐をしている。課長補佐と言えば聞こえはいいが、実際の仕事は社員にリストラを言い渡すことである。

そんな仕事を終え、下川は空港へ向かった。

都会から郷里の空港に着いても、簡単に母に会えるわけではない。まずは空港から遠距離バスに乗りかえ、数時間をかけて集落の入り口に着く。歩くには遠すぎるから、タクシーを呼ぶしかない。ようやくここ「カジカの里」老人ホームに到着するともう夕暮れで、周囲は暗黒の山につつまれていた。

最近、この地にも老人ホームが多くなっている。

もしこの地が会社員であったら、間違いなくリストラにするだろう。リストラにされる社員にはそれなりの理由がある。先ずは業務成績が悪くて、出世コースから外れている社員。次に社内での影が薄くて、面倒なことを押しつけやすいタイプの社員。このように考えると、わが故郷は全てこの条件に当てはまる。

そうは思ったが、待てよとも思った。

スマホが教える統計によれば、日本人の九割は〈せめて死ぬ時はわが家で〉と願っているらしい。誰にとっても、自分の生まれ育った場所が最高であるという証拠である。しかし残念。この願いを叶える幸せ者はごく少数であって、大部分の日本人は病院のベッドで死をむかえる。

オレの母はどう思っているのだろうか？

都会で死にたいのか、それともここ「カジカの里」で死にたいのか。それを聞きたいのだが、母は何も話してくれない。いや、意識的に話さないのではない。本当は納得のいくまで話したいのだろうが、重度の認知症になった今は何も話せないのだ。だから今日こそは施設の職員に会って、母の今後について相談をしたい。

その時、近くでカジカが鳴きはじめた。

一匹が鳴くと他の一匹も呼応し、たちまちカジカの大合唱になった。いつも身近に、スマートフォンを持っている。世界の経済情勢は目まぐるしく変わるから、スマホが身近にないと時代に乗り遅れてしまう。念のためカジカを検索すると、〈声がシカの鳴き声に似ているからカジカ（河鹿）という名前になった〉とあった。日本人は声に風情があるという理由でカジカを好むが、実際は不恰好な姿をしたカエルの仲間である。

〈あれは喜びの声だろうか、それとも悲しみの声だろうか？〉

〈いやいや、その両方でもないだろう〉

下川は自問自答して、一瞬涙ぐんだ。

最近は心が不安定なせいか、すぐ涙ぐむようになっている。頭痛、肩こり、不眠、耳鳴り、便秘など、挙げれば切りがない。その上スマホ依存症でもあるから、スマホがないと気が狂いそうになる。心療内科医の説明によれば、各種のストレスが自律神経を暴走させているのだという。

ストレス源なら、他にいくらでも思いつく。

息子は何年も浪人をし、今でも大学予備校に通っている。娘は結婚相手もいないのに、結婚費用だけは出してねと言う。これに死ぬまでつづく住宅ローンの他に、仕事上のストレスも加わってくる。リストラされる社員も苦しいだろうが、リストラを告げる役はさらに苦しい。苦しいと自律神経が暴走して、何でもないことにすぐ涙ぐんでしまう。

ああ、またカジカが鳴きはじめた。

あれは繁殖のため、オスがメスを呼んでいる声である。恋の駆け引きであると分かっているのに、なぜか涙が出るほど悲しい。リストラされて路頭に迷っている家族と、日本人が好むというカジカの美声と不恰好な姿。そして「カジカの里」という名の終《つい》の住みかと、華やかなカジカたちの恋のささやき声。

「実は……、そうなんだ。半世紀ほど前、ここは……、オレたちの小学校であった」

下川は涙声でつぶやいた。

山また山の奥地であれば、この地の基幹産業は農林業だけであった。全国の中山間地がそうであるように、ここでも後継者は育たなかった。中山間地で後継者が育たないと、その後は一本道になる。若者がいないと子どもは生まれず、子どもが生まれないと地方は疲弊の道をひた走るしかない。

学校が閉校になっても、校舎だけは残る。

思い出がいっぱい詰まっているのだ、校舎を取り壊すのは忍びない。そこで思いついたのが跡地を老人ホームに使う案であった。懐かしい小学校の跡地である。名前がしゃれた「カジカの里」に改められると、住民たちはここを終の住みかと決めはじめた。当初は順番待ちをするほど多かったが、今では入居を希望する者さえ少なくなったと聞く。

「優しく、優しくしてチョウダイネ！」

またまた幼女の声がした。

下川は涙顔のまま、舌打ちをした。今日ここを訪ねた時、見舞い客の中に幼女はいなかったと記憶する。懐かしい教室の天井にはカーテン・レールが走り、部屋を四つに仕切っている。この部屋の入居者は母を入れて二人だけであり、幼女の声は廊下側にあるベッドから聞こえる。

「はいはいおヨシさん、分かりましたよ。優しくするかイね」

聞いたことのある女の声がした。

噂では五十年配の元看護師で、名前は山田さん。だとしたら声の主は幼女ではなくて、同じ部屋のおヨシさんであったことになる。記憶が正しければ歳は母と同じ八十三で、昔は谷川の向こう側に住んでいた。軽い認知症にはなっているが、普通の生活に支障はないと聞いている。

これから点滴が始まるらしい。

カーテン越しにおヨシさんの痩せた右腕が見え、枕元に立つ点滴スタンドには輸液ボトルが二個ぶら下がっている。下川は大丈夫かなと思った。小さな集落であれば、この地には昔から医者はいなかった。当然「カジカの里」にも医者はいないわけで、医療行為は週に二回やってくる町医者が行なうと聞いている。

いや、そうだと思っていた。

だから〈大丈夫かな〉と思ったのだが、どうやら違うらしい。町医者の指示に従って、山田さんが医療行為を代行していると聞く。山田さんは元看護師のベテランである。大丈夫とは思うが、〈優しくしてチョウダイネ〉と叫ぶおヨシさんの気持ちもよく分かる。「おヨシさんは一週間も、お通じがないトじゃろう？　だから今日は、下剤も混ぜたかイね」

下川はなるほど、そうなんだと思った。

自分にも経験があるが、一週間も通じがないと他の病気を誘発する。あの二個の輸液ボトルのうち多分、一個は下剤用である。だとしても後一つ、理解できないことがある。紐である。点滴をする時は通常、右か左の腕を縛るだけでいい。なのに点滴をしない　左腕も、いや腰のまわりや両足さえも、細紐でしっかりとベッドに固定してある。

「まるで拷問だな」

下川は呟いた。

すると唐突に、『楢山節考』を思い出してしまった。正確な年月までは覚えてはいないが、とにかく数年前から母の病気見舞に帰るたびに、……いや母のことを考えるだけで、……ウバ捨て山を扱った映画『楢山節考』を思い出すようになっている。

時は江戸時代で、場所は貧しい農山村。

人は誰でも歳をとると、食べるばかりで働かなくなる。そこで殿様はお触れを出した。七十歳になった村人は誰でも、裏の楢山に遺棄せよという内容であった。ある貧しい農家の母親のおりんは六十九歳になり、息子の辰平は四十五歳になっていた。いよいよ〈楢山まいり〉をする日が近づいてきた。気丈な母親は覚悟を決めるが、気弱な辰平は心配でならない。

〈母がおりんなら、オレは辰平だろうか？〉

下川は心の中でつぶやいた。

時代と場所こそ違っているが、両者には〈貧困〉と〈高齢〉という共通点がある。母親のおりんはオレの母と同じように未亡人ではあるが、気丈である点では別格である。六十九歳にもなって歯が一本も欠けていないのを恥だと思って、石で自分の歯を砕いたのだから。それに引きかえ、オレの母は重度の認知症であり、歯だって総入れ歯である。

〈オレは辰平と、どこが違うのだろうか？〉

下川は再度、呟いた。

辰平の妻は前年、山へクリ拾いに出かけ、崖から転落して死んだ。しかしオレの妻は非正規雇用の社員ではあるが、毎日元気に働いている。辰平が三男一女の父親であるなら、オレは一男一女の父親である。給料が安いから、母の遠距離介護の交通費にも苦労している。いくら安く見積もっても、五万円はかかるのだから。

「おヨシさんはいつも暴れるから、心配なのよ……」

山田さんの声がして、下川の妄想は消えた。

なるほど、そうなんだ。おヨシさんは注射を極端に恐がるらしい。ベッドで大暴れでもされたら危険すぎるから、手足や腰を紐で固定するしかない。山田さんは今、おヨシさんを宥《なだ》めるために、背中を優しくさすり始めた。

下川は思わず、懐かしいなと思った。

スマホによれば、この動作こそが〈手当て〉の語源であるという。昔は医者がいなかったから、急病人が出たら大変であった。薬草を煎じて飲むか、祈禱師に頼むか。それもできない時はこのように、患部に優しく〈手当て〉をするぐらいであった。

その時、おヨシさんの声が絶叫に変わった。

いよいよ注射針を射しこむらしい。おヨシさんは奇声をあげ、固定された手足をばたばたさせ始めた。ああ、ベッドのきしむ音と、〈優しくしてチョウダイネ！〉と懇願する叫び声が交錯する。

おヨシさんが〈ああっ！〉と絶叫した時、母の眼球がまぶたの裏側で少しだけ動いた。その後、おヨシさんは急に静かになり、母も微動だにしなくなった。

初夏の午前十時過ぎである。

朝食、オシメの取りかえ、点滴のような軽度の医療行為が終わると、「カジカの里」の午前の日課は終わったも同然である。ごく時々、町から慰問団がやってきて、手品やフラダンスなどを見せてくれる。今日は何の計画もないようだから、おヨシさんの点滴だけで終わりらしい。

〈さて、オレはこれからどうしようか?〉

下川は考える振りをした。

いや考えなくとも、心積もりはちゃんと決めていた。長い間、遠距離介護で苦労してきたのだ。今日こそはここの職員と、母を都会へ連れ出す相談をしたい。『楢山節考』の辰平が母親を裏山に遺棄すべきかで悩んだように、オレだって母の介護で長く悩んできたのだから。

その時、心の中でメールの着信音がした。

着信音は都会へ出たのを記念して、東京オリンピック・マーチにしている。あの頃のオレたちは〈金の卵〉だとおだてられ、この曲に乗ってさっそうと地方から都会へと出ていった。そうだ、そうなのかもしれない。現在のオレにとっては、この着信音こそが人生の舞台回し役である。

(二)

数年前にも、この着信音がした。

「カジカが危ネど。何ンもかンも、全滅じゃが……」

確かに、メール文はそう読めた。

嫌がらせなのだろうか、わざと方言で書いてあった。あの頃も不景気であったから、この種のメールや電話は終日かかっていた。多くはリストラにされた社員からで、内容はリストラに対する泣きごと、不満、脅迫などであった。この種のメールが届いたら、ひたすら無視するに限る。そう思って無視していると、今度は電話がかかってきた。

「オレじゃが、オレオレ……」

聞いたことのない声であった。

最近は危険な〈オレオレ詐欺〉がある。用心しながら名前を聞くと、相手は小学校の同級生であった銀次であった。あの時はなあんだ銀次かよと思ったけど、今は違う。最近では銀次こそが人生の本当の舞台回し役であり、仕掛人でもあると思っている。高校を卒業すると銀次も豊かさを求めて、——そう、あの華やかな東京オリンピック・マーチに乗って元気よく——この地を去った一人であった。

しかしその後がオレと違っている。

オレが転職をくり返したのに対し、銀次は金属を研磨する同じ会社で働きつづけた。中小企業ではあったが、夜間大学にも通ったらしい。夜間大学を卒業した銀次は大手企業に抜擢され、何度も海外へ出かけて金属を研磨する技術を学んだという。その結果が今だとしたら、オレは『楢山節考』の気弱な辰平であり、銀次は自分の歯を石で砕くほど気丈な母おりんである。

その上、さらに驚くべき事実を知った。

銀次は定年を前にした現在、故郷へUターンをしているという。理由を聞くと、銀次は事もなげに、〈カカ（母親）どんが「カジカの里」老人ホームに入所したかイよ〉と答えた。世話になった最愛の母が高齢になり、「カジカの里」老人ホームに入所した。子どもである銀次は当然、その最期を看取るために故郷へUターンをした。なんとも心温まる話であり、正直うらやましいとも思った。

銀次の自慢話はつづいた。

銀次はUターンをした後、家業であったシイタケ栽培を引き継いだという。わが故郷はずっと前に限界集落を通りすぎ、今は消滅寸前になっている。そのような集落でシイタケ栽培を再開しても、経営がなり立つはずがない。心配になって聞くと、〈故郷を見限った者のツミ滅ぼしじゃが〉という返事が返ってきた。

思いっきり、頬を殴られたと思った。

なにしろ〈故郷を見限った者のツミ滅ぼし〉である。なんと男らしくて、格好いい言葉なのだろう。スマホが教えるように、日本人の九割は〈せめて死ぬ時はわが家で〉と願っている。なのにオレは、〈故郷を見限った者のツミ滅ぼし〉どころか、今でも母を都会へ連れ出そうと思っている。反対に銀次は故郷で母の最期を看取り、その上シイタケ栽培で故郷を再生させようと努力している。オレは母を都会へ連れ出すことで、二度も故郷を見限ろうとしているのだろうか？

「カジカが危いとはどういう意味ですか？」

オレはねたみ半分、標準語で返信した。

「犯人はアライグマじゃが。北アメリカ産のアライグマにチンガラッ（目茶苦茶に）やられて、シイタケもカジカも全滅じゃが……」

銀次は方言で返信してきた。

アライグマとは何物だろうか？　不審に思って再度、スマホで検索してみた。体長は五十センチほどで、イタチ科のアナグマ属。日本にはペットとして輸入されてきたが、不注意にもある飼い主が野に放した。アライグマは繁殖力がきわめて旺盛であるから、全国各地に広がってしまった。長い巣穴を作る習性があり、餌はカエル、キノコなどの雑食。穴を掘る前脚で手を洗う所作をするから、アライグマという名前がついたという。

「大変ですね。頑張ってください」

オレは意地になって、紋切り型のメールを送った。

シイタケはキノコの仲間であり、カジカはカエルの仲間である。だとしたらアライグマは銀次が栽培しているシイタケも、老人ホームの近くで鳴くカジカだって食べることになる。両者とも〈チンガラッやられている〉というのに、自分の返信はなんと冷淡なメールなのだろう。

「早ヨ、戻っチこい。キヌエさんも心配しチョッど……」

案の定、怒りのメールが返ってきた。

キヌエとは母の実名である。銀次はちゃんと、オレが長く母を見舞っていないのを知っているらしい。遠距離介護でもいいから〈早ヨ、戻っチこい〉と返信することで、先ずはオレの無礼なメールを非難する。次に〈キヌエさんも心配しチョッど〉と返信することで、旧交を温めたつもりだろうか？

オレは仕方なく、帰郷の準備にかかった。

多分この頃から、母の遠距離介護には必ず、銀次からのメールが介在するようになったと記憶する。一回帰郷すれば、交通費だけでも五万円はかかる。わが家の家計は常に苦しいのだ。もし銀次からのメールがこなければ、この五万円はちゃんと家計費に回せるのになとも思った。

＊　＊

「ほらね、カジカの鳴き声が少ネじゃろう？」

銀次は念を押すように言った。

銀次とは中学校を卒業して以来であるから、四十五年ぶりの再会であった。間もなく還暦を迎える二人であれば、もう少年時代の面影は残っていない。オレの頭頂がハゲあがっているのに対し、銀次の頭髪はまっ白である。オレの声が内にこもって低いのに対し、銀次の腰は少し曲がっていた。

二人は今、谷川へ下りていた。

「カジカの里」老人ホーム——というよりもオレたちの元小学校の跡地——の前を小さな谷川が流れている。二人は岸辺にある大きな岩に座って、雑談をした。話題は昔の思い出ばかりで、今はスマホで調べたカジカのことを話していた。カジカの体形は扁平である。天敵から身を守ったり、岩のすき間へ隠れやすくするために扁平になったとスマホは教える。

「君はカジカが少なくなったと言うけど……。実際にその数を調べたの?」

ああ、言ってしまった。

さすがの銀次も答えに困ったのか、岩の上で尻をもぞもぞさせた。記憶が正しければ、中学生の頃はカジカの数までは調べなかった。いや調べたくても、その方法を知らなかったのだ。二学年を一つにした複式学級であれば、オレたちの学年は女三人と男二人の五人しかいなかった。

オレはあの時、なぜ嫌がらせを言ったのだろうか?

ここは素直に、〈なるほど、カジカの鳴き声が少なくなったね〉と言えばいい。分かってはいたけど、あの時のオレには言えなかった。だって銀次は定年前にUターンをして母の最期を看とり、今は故郷を再生しようと懸命に頑張っているのだから。恥を忍んで告白すれば、オレはそんな銀次を嫉妬していたのだと思う。

シイタケ栽培を見た時もそうであった。

銀次はアライグマの被害を見せてやると言い残すと、雑木林の中へと歩きはじめた。シイタケは収穫する四季に応じて、春子、藤子、秋子、寒子などと呼ぶ。時季はカジカが鳴きはじめる初夏であったから、周囲には藤の花がいっぱい咲いていた。ということは、あの時に見たシイタケは〈藤子〉であったことになる。

シイタケ栽培には二つの方法がある。

オガクズを使う菌床栽培と、クヌギやコナラを使う原木栽培である。昔が懐かしかったのか、銀次は古い原木栽培をしていた。晩秋に原木を伐採して乾燥し、冬に一メートルほどの長さに切る。これを〈ホダ木〉と言い、晩春の頃までに〈ホダ木〉にシイタケ菌を植えつける。この作業を〈種コマ打ち〉と言ったと記憶する。

「昔はゲンノウ（玄翁）で、トントンと音をたてて……」

昔を思い出しつつ、話題を誘ってみた。

「バカかあ、ワリャ（お前は）。今はドリルじゃが、ドリル」

銀次は話をさえぎり、くすっと笑った。

万事がこのような調子で、話せばいつもケンカ腰になってしまう。しかし不思議なことに、あの時のオレは少しだけ違った。昔を懐かしむだけの一種の趣味であるなら、原木栽培でもいいのだ。しかし本当に故郷を再生したいのならば、大量生産につながる菌床栽培がいいに決まっている。そうは思ったけど、オレは黙っていた。

しかし心の中では、〈銀次よ、オレは菌床栽培の方がいいと思うね。まだ話していないけど、実はオレはリストラなど、利益優先の仕事ばかりをしてきたんだ。金はないけど、会社の経営方法であったら自信があるよ。オレだって生まれ育ったこの地が好きだし、故郷を再生するためなら何でも手伝いたいんだ〉と語りかけていた。

すると心に、子どもの頃が浮かんできた。

父は出稼ぎに出るようになり、地下鉄工事に従事した。しかし長い間、粉塵にまみれたのがいけなかった。ついに続発性の喘息になり、還暦をむかえる前に死んでしまった。そんな父が時々、〈ホダ木は乾燥がすぎるといかんド〉と喘ぎながら言ったことがある。銀次もこの鉄則だけは守っているようで、〈ホダ木〉の上に昔ながらの黒い寒冷紗を被せていた。オレはその寒冷紗を見て父を思い出し、ほんの少し気を和らげていた。

「いい藤子に……、育ってるじゃないか?」

頬笑みながら、精いっぱいのお世辞を言った。

いや内心では、〈いい藤子に育って、アライグマの被害など全然ないじゃないか〉という皮肉も含まれていた。銀次はオレの入り組んだ心理を見破ったのか、曲がった腰をしゃんと伸ばした。そして次の瞬間、目の前に積まれた〈ホダ木〉を何度も足で蹴った。すると無残にも、〈ホダ木〉は音をたてて倒れてしまった。

一瞬の出来事であった。

驚いたことに、残った〈ホダ木〉にはシイタケがいっぱい育っているのに、倒れた〈ホダ木〉には一個も育っていなかった。いや、シイタケの茎は残っているのだから、育ってはいたのだと思う。しかしアライグマに食い荒らされて、〈いい藤子〉など一個もついていないのだった。

その時、オレは別のことで驚いた。

倒れた〈ホダ木〉の間に、古い農具である〈カルイ〉が転がっていたのだ。重い荷物を運ぶ時、昔は無くてはならない農具であった。オレが母を見舞うたびに『椿山節考』を思い出すのは、この時見た〈カルイ〉に原因がある。息子の辰平は大雪の降った日に、この〈カルイ〉に母親を乗せて山奥まで運んだのだから。

「よおく見ッみエ。これがヨカ藤子か、ええ！」

銀次はオラ（叫）んだ。

イラついているのは確かで、声は震えていた。よく見るまでもなく、〈ホダ木〉に〈ヨカ藤子〉

など一個もついていなかった。銀次はまる一年をかけて、シイタケを大切に育ててきたに違いない。ところが収穫期になった今、肝心の〈藤子〉はアライグマに食い荒らされていた。

その時突然、銀次は棒を振りあげた。

振りあげた棒の先端に〈ホダ木〉に押しつぶされた〈カルイ〉が見え、その〈カルイ〉と〈ホダ木〉の間で動く物があった。ネコに似た黒い小動物で、身構えるようにこちらの動きをじっと窺っていた。だが不思議。身構えたのは一瞬のことで、小動物は大胆にも身づくろいをし始めた。

オレはまた、おおっと声をあげた。

その身づくろいはスマホの説明と全く同じであり、〈前脚で手を洗う所作〉に思えたからである。小動物は自信にみちた身づくろいをし終えると、再度こちらの動きを窺っていた。目はきらっと光っているが、怒っているのか小馬鹿にしているのかは不明。

「あれがアライグマじゃが、アライグマ！」

銀次は小石を投げつけ、後を追った。

アライグマは鳥獣保護法で守られているから、許可なく捕獲することはできない。それを知っているのだろうか、アライグマは悠然と去って行った。〈前脚で手を洗う所作〉には親近感がもてるけど、畑に巣穴を掘ったり、シイタケなどの農作物を食い荒らすのは絶対に許せない。

〈故郷も変わったよなあ〉

オレは心の中で呟き、また涙ぐんだ。

わずか数十年しか経っていないのに、故郷はいつも得体の知れない何物かに揺り動かされている。

その一つが高度経済成長期の頃であり、多くの父親がこの地から都会へと出稼ぎに出ていった。残ったのは母ちゃん、ジイちゃん、バアちゃんだけになり、今でも〈三ちゃん農業〉という奇妙な言葉が残っている。

当時、農家には現金収入がなかった。

いくら日本中が〈高度経済成長期〉であっても、金がないと何も買えない。誰だって人なみに、軽トラック、耕耘機、電気洗濯機などが欲しい。切実に欲しいと思ったから、父親たちは〈三ちゃん農業〉にしてでも出稼ぎに出るしかなかったのだから。

実はこれには、悲しい〈つづき〉があった。

オレの父や銀次の父親みたいに、地下鉄工事に従事する者は多かった。時間給であるから、マスクもかけずに長時間働くことになった。すると大量の粉塵を吸い込むことになって、突発性の気管支喘息になって死ぬこともあった。悪徳会社が多かったから、今でも救済措置のないまま泣き寝入りになっていると聞く。

「アライグマは困ったもンじゃが……」

銀次が言ったので、現実にもどった。

オレは再度、故郷はいつも得体の知れない何物かに揺り動かされていると思った。揺り動かされて被害を受けるのは都会ではなくて、常に弱い立場の地方である。オレはアライグマが前脚で手を洗うみたいに、額に浮きでた汗をそっと拭いた。いや本当は汗ではなくて、涙であった。

「巣穴は五十メートルから、百メートル。どこでンかしこでン穴を掘っチ、シイタケもカジカも全滅じゃが……」

銀次は何回も舌を鳴らした。

答えようがないから黙っていると、銀次は〈ワイ（お前）が仕事はよかねえ。アライグマとは何も関係がねえかい〉と言った。明らかに悪口であった。オレが反発するのを見越して、あえて憎まれ口をたたいたのだと思う。銀次にはまだ、社員にリストラを言いわたす仕事の辛さについては話していない。

「農業の六次産業化っチ、聞いたこツがあっとか?」

長い沈黙の後、銀次は突然話題を変えた。

この言葉も以前、スマホで調べたことがある。ＪＡが〈地産地消〉の次に打ち出した農政であり、〈もうかる農業〉を目的とするらしい。生産をする一次産業、加工をする二次産業、そして消費者に販売する三次産業。目ざす〈六次産業化〉はこれらの産業を一手に行なうから、結果的に〈もうかる農業〉になる。スマホは一次、二次、三次を足し算にしても、掛け算にしても六次産業になると説明していた。

〈あれは間違いだよな〉

オレは心の中で呟いた。

たしかに算術的には六次産業になるけど、掛け算にする会社経営はまずいと思う。だって一次産業がなくても、二掛ける三で六になるのだから。これでは従来の考え方と同じであり、一次産業である農林漁業を小バカにした経営方法になってしまう。すると〈もうかる農業〉どころか、またまた二次産業と三次産業だけが利益を独占することになる。

「故郷を生き返らせるため、オイも六次産業をしようチ思ったけンど……。やっぱ、ダメじゃねえ」

銀次が呟き、オレの妄想は終わった。

オレは黙っていたけど、内心ではまだ心を和ませていた。今の二人の心はばらばらになっているが、話題が〈農業の六次産業化〉になって急に共通点が見え始めたのだから。それでもオレは声には出さず、心の中で銀次へ語りかけた。

〈銀次よ、オレだって故郷を再生させたいよ。先ほども言っただろう？　お前が本当に故郷を再生したいのなら、原木栽培をやめて菌床栽培に変えるべきだよね？〉

当然、銀次は黙っていた。

小、中学校が通じ同級生であったというのに、二人は違いすぎる人生を歩いてきた。原因は時代の変化が性急すぎたのだろうか、それとも互いの生活環境が違いすぎたのだろうか？　ぎこちない沈黙がつづく頃、銀次は再度ふっと溜め息をついた。

「シイタケを加工する二次産業を立ち上げようチ思ったけンど、このへんにゃ、働く若ケ者ンは誰もおらセンが……」

銀次が話題の穂をつないでくれた。

そうだろうと思う。半世紀ほど前、オレたち若者はこぞって都会へ出たのだから。政府は地方創生の三要素として、魅力的な仕事、人、集落（町）の三つを掲げている。魅力的な仕事を求めて人が集まり、人が集まって地方が再生されるという案である。しかし逆の言い方をすれば、この三つの一つでも崩れたらアウトである。銀次の場合がいい例で、シイタケ加工工場を立ち上げたいのに、肝心の働き手がいないという。

「ワリャ（お前は）、コン草を覚えちょるとか？」

考えこんでいると、銀次が聞いてきた。

顔を上げると、銀次は近くの雑草をワシづかみにしていた。さて、この雑草の名は何だったのか？　かすかに覚えているが、ウツ状態の今は名前までは思い出せない。覚えていないと言えば小馬鹿にされるだろうし、覚えていると言えばその名前を聞かれるだろう。

「セイタカアワダチソウじゃがネ。花の色がまっ黄色で……」

銀次は助け船を出し、くすっと笑った。

「ああ、思い出した思い出した。セイタカアワダチソウ。……花粉を吸いこむと、喘息になると言われた、あの花だろう？」

オレは久しぶりに口を開き、少しだけ笑った。

「ありゃ、ウソよ。セイタカアワダチソウにはお前、そンゲな花粉は全然ついてないけどよ」

どうしたのだろう、銀次はここで黙った。

子どもの頃、この花粉を吸いこむと喘息になると言われていた。それが間違いであると言うのなら、それはそれでもいい。このアメリカ産の種子が戦後の食糧支援物資の中にまぎれ込み、日本へ入ってきたのは事実である。生命力がきわめて旺盛であるのはアライグマと同じで、またたく間に全国へ広がってしまった。

「アライグマもこン花も同シこッじゃが。両方とも原産はアメリカでよ。今じゃ何ンもかンも、チンガラッ（目茶苦茶）じゃが……」

銀次はまた、ここで言葉を切った。

ああ、そうかもしれないと思った。先のアメリカとの戦争で、銀次の祖父と二人の親戚が戦死した。アライグマもセイタカアワダチソウもアメリカ原産である。銀次はまるでその仇討ちをするみたいに、棒切れで黄色い花をぴしゃぴしゃと叩いた。すると花粉が舞い上がり、谷川の風に乗って四方へと広がっていった。

「おい、見ッみえ。ありゃ、お前が家と墓じゃろ？」

銀次は叫ぶように言い、顎をしゃくった。

銀次の顎の先端に、屋根にペンペン草の生えた廃屋が見えた。あれは紛れもなく、オレの生まれ育った家である。その奥の方に小高い丘があり、丘の上には先祖伝来つづく集落の共同墓地が見えた。

「今じゃお前が家も墓も、この花に占領されチョるが……。マコチ（本当に）、情けンなか（情けない）もンじゃが……」

最後の一撃であった。

生まれ育った懐かしいわが家と、大切に守らなければならないご先祖さまのお墓。数年前、久しぶりにわが家とお墓を訪れた時の驚きが蘇《よみがえ》ってきた。母が「カジカの里」に入所してから数年しか経っていないのに、見るも無残な姿になっていた。部屋といわず屋根、土間までも、——墓地へつづく坂道といわず墓地、墓石までも、——セイタカアワダチソウと雑草に占領されていた。

(三)

「アライグマの野郎がついに、老人ホームを襲ったぞ。オイたちのタイム・カプセルもやられた。時には顔を見せて、親孝行をせえ。キヌエさんも心配しチョルが……」

数年後また、銀次からメールが届いた。

銀次のメールには一定のパターンがある。文頭に衝撃的な内容をならべて注意を引き、最後で帰省を促すパターンである。確かに長く帰省はしていなかったが、同級生に叱責されると話は別である。反発の方が先に立って、銀次のメールは長く無視していた。

他にも、無視する理由があったのだから。

実は母が二度目の発作を起こしたので、何回も帰省はしていた。医者は二度目の脳内出血であるから、重篤になるかもしれないと予想した。医者の予想は的中したようで、母には重度の症状が残ってしまった。

さらに後一つ、帰省できない理由があった。

近くで衝撃的な事件が起きたのだ。同じマンション内の、しかもすぐ隣に住む老人が首つり自殺をしたらしい。〈したらしい〉とは無責任な表現になるけど、そう言いたくなるほど老人のことは何も知らなかったのだ。老人は妻に死なれて地方を離れ、都会に住む息子の家族と一緒に暮らしていた。しかし息子夫婦が仕事に出ると一人ぽっちになり、ついに老人性のウツ病になっていたらしい。

「隣は何をする人ぞ」

これは銀次のメール文ではない。

松尾芭蕉の句「秋深き隣は何をする人ぞ」から取ったもので、購読している新聞の見出し文である。〈隣は何をする人ぞ〉とはよく言ったもので、これこそが都会人の生活実態である。互いの生活を尊重しあい、干渉をしないと言えば聞こえはいい。しかし実際は人間関係がきわめて希薄であり、互いが完全に孤立している証拠でもある。

新聞を読み、オレによく似ているなと思った。

あの頃までは帰省するたびに、一緒に都会で暮らそうと母を説得していた。当時の母はまだ軽い認知症であったから、簡単な会話はできた。しかしいくら説得しても、母は頬笑むだけであった。母はあの薄ら笑いの中に、何を隠していたのだろうか？　考えると眠れなくなり、またまた自律神経が暴走することになった。

数週間後、銀次から同じメールが届いた。

たとえ同級生であっても、全く同じ内容のメールを送るとは無礼である。そう思うと無性に腹が立ってきて、迷わず消去ボタンを押していた。あの頃も会社経営が不振になり、どの社員をリストラにするべきかで悩んでいた。一方では隣室で首つり自殺をした老人の死に母を重ねて悶々とし、他方ではリストラにされた社員の行く末を考えて悩む日々がつづいていた。

そんなある日、念のためスマホを開いてみた。

銀次のメール文の中に、〈タイム・カプセル〉という聞き慣れない言葉があったからである。スマホには、〈発掘されることを期待して、現代の品物や文章などを入れて埋める特殊な金属容器〉とあった。〈発掘を期待して埋める特殊な金属容器〉とは一体、どういう品物だろうか？

「オレたちのタイム・カプセルとは何のことですか？」

オレは例によって、紋切り型のメールを送った。

「バカか、ワリャ（お前は）。忘れたツか？　小学校の卒業ン時、みんなで作文を書いて、金属製のタイム・カプセルの中に入れたろが？」

またまた同級生に叱られてしまった。

しかし叱られたお陰で、当時の記憶が少しだけ蘇ってきた。恥ずかしい話、卒業時の担任の名前さえ思い出せない。卒業の時、作文をタイム・カプセルに入れたことなどすっかり忘れていた。あの頃の関心事はただ一つ。早く故郷を飛び出て、早く豊かな生活をすることであった。

「卒業作文には、どんなことを書いたのでしょうか？」

オレは念のため、メールで聞いてみた。

「知りたいとなら先ず、戻ってこい。自分の目で読んで、自分のビンタ（頭）で考えろ。作文の題は〈五十年後の私へ〉という手紙文じゃかイ、面白いぞ。キヌエさんも心配しチョるかイ、早ヨ……」

銀次の説明と忠告が長々とつづく。

忠告には少しムカついたけど、面白いとも思った。卒業の時、〈五十年後の私へ〉という題で手紙を書き、それを金属製のタイム・カプセルの中に入れたらしい。小学校卒業時の〈五十年後〉であるならば、今が丁度その〈五十年後〉ではないのか？　あの頃の自分は一体、どんなことを考えていたのだろうか？　ぜひ、その手紙を読んでみたい。

そうは思ったが、すぐには帰らなかった。

銀次に対する意地もあったし、リストラの通告で体調も崩していた。銀次に対する意地とリストラの通告による体調不良。両方の板ばさみで帰省を迷っていると、銀次はついに卒業作文の全文をメールで送ってきた。

「人間致る処青山あり」

これは江戸時代、ある有名な人が書いた漢詩だそうです。この世には自分の骨を埋める場所はいくらでもあるのだから、故郷を出て大いに活躍をしなさいという意味です。ぼくもその通りだと思います。五十年後のあなたは今、どこで何をしていますか？　ぼくは早く都会に出てお金をいっぱい貯め、お父さんやお母さんを喜ばせたいと思っています。五十年後にあなたと再会できると思うと、今からとても楽しみです。その日がくるまで、さようなら。

以上が自分あてに書いた手紙文である。

目から火の出る思いとはこのことで、またもや涙が出てきた。オレはなぜ、〈人間致る処青山あり〉などという難解な言葉を使ったのだろうか？　はっきりとは覚えていないが、担任の先生が黒板に何か書いたようでもある。銀次からここまで親切にされたのだ、もう帰省するしかないと思った。

＊　　＊

「アライグマは凄いじゃろうが？」

珍しいことに、銀次の機嫌はよかった。

二人は今、校庭の隅に植わった桜の木の下に立っていた。この桜も五十年ほど前、オレたちが卒業記念として植えたものである。銀次は過日ここへやって来て、桜の木の根元がアライグマに荒らされているのを知ったという。心配になって確かめると、卒業記念に埋めたタイム・カプセルがむき出しになっていた。

「こイがお前の書いた作文じゃが。もう五十年が過ぎたかイ、確かに本人であるお前に渡すぞ」

銀次は笑い、変色した封筒をさし出してきた。

封筒には右上がりの下手な書体で、昔のオレの住所と氏名が書いてあった。帰省する前にメールで何回も読んではいたが、念のため再読してみた。確かに同じ内容の手紙文であり、難解な〈人間いたるところ青山あり〉から始まっていた。

「君の作文は見つかったの？」

「そりゃ、当然よ。オレんとも読もかイね？」

銀次はポケットから封筒を取り出した。


「『少年よ大志を抱け』。これはアメリカの有名なクラーク教授の言葉だそうです。教授は北海道農業学校を去る時に少年たちへ呼びかけ、励ましました。ぼくもこのクラーク教授の考えに賛成です。人は大きな希望を持たなければ、何もできないからです。五十年後のあなたは今、幸福ですか？ ぼくも大志をいだいて都会へ出て、日本や世界に役立つ立派な人になります。五十年後のあなた、ぜひ頑張ってくださいね。また会える日がとても楽しみです。ではその日まで、さようなら」

銀次は読み終わり、げらげらと笑った。

「こン作文は五編とも全部、同じパターンじゃろ?」

オレもその通りだと思った。

自分の目ざす理想として、〈人間致る処青山あり〉と〈少年よ大志を抱け〉を掲げる。その具体的な目標として、〈都会に出てお金をいっぱい貯める〉と〈日本や世界に役立つ立派な人になる〉を挙げる。次に〈五十年後のあなた〉へと呼びかけ、作文の最後を〈さようなら〉で結んでいる。

「ワリャ(お前は)覚えちょらんツか? ほら、あだ名がカッパでよ。山浦チいう先生がいたがね?」

銀次はまだ笑っている。

〈カッパ〉というあだ名までは覚えていないが、山浦とかいう先生がいたのは覚えていた。残念ながらわが母校は山奥の僻地にあったから、児童はみんな作文が苦手であった。〈カッパ先生〉は苦慮した末に、作文の道しるべになる〈人間致る処青山あり〉や〈少年よ大志を抱け〉などを黒板に書いたのかもしれない。

「他に……、女の子も三人いたよなあ?」

念のため、呟くように聞いてみた。

「やっぱ似たようなもンじゃね。クラーク教授がヘレンケラーになったり、ナイチンゲールになっちょるが……。じゃけんど（だけど）よ。やっぱ、おなごはチエ（強い）どねえ。三人とも都会には出らジ、近くで気張ちょるかイねえ」

銀次はまたもや、皮肉っぽく言った。

今回の非難の対象は担任のカッパ先生であるらしい。教え子がこの地に残るように指導すればよかったのに、カッパ先生は都会へ出ろと指導した。おかげでこの地は見る影もなく衰退し、今ではアライグマとセイタカアワダチソウに占領されている。

〈オレはUターンして故郷を再生しようと頑張っているのに、お前は女よりもヤクセン（役立たない）がね。故郷を見捨てチ、母親も墓もほったらかしじゃないか？〉

銀次は無言で叱責し、オレは目をそらした。

とその時、谷川で二匹のカジカが鳴きはじめた。一匹は銀次の味方をして、〈そうだそうだ。お前は故郷を見捨てチ、何もせン〉と言っているように聞こえた。他の一匹はしどろもどろで、〈仕方がないよ。オレにはオレの事情があるのだから〉と弁明しているように聞こえた。

(四)

「おヨシさんもそのうち……、ここを出るんだってね?」

近くで女の優しい声がした。

元看護師の山田さんのようであり、下川はふと我に返った。どうやら自分は長い間、思い出に浸っていたらしい。そうだ、そうであった。銀次から何度もメールが届くうちに、オレは『楢山節考』やアライグマの妄想に取りつかれていたのだった。

「何もかも、変わったかイねえ」

山田さんはカーテンを開けはじめた。

おヨシさんの点滴はひと苦労である。注射を恐がって暴れるから、両の手足や腰をベッドに縛りつけてある。その点滴が今ようやく終わり、山田さんはひと安心したところである。てきぱきとカーテンを開けたり、点滴用の器具類を整理し始めた。

下川は邪魔にならないよう、窓側に寄った。

すると目の前がぱっと明るくなり、懐かしい小学校の教室に戻っていた。そうだ、あれは半世紀も前のことである。オレたちはこの教室で〈五十年後の私へ〉という題で作文を書き、タイム・カプセルに入れてあの桜の木の下に埋めたのだった。

あの頃と、五十年後の今とは違いすぎている。

違いの原因は本当に本当、作文を書かせた〈カッパ先生〉なのだろうか？　それともセイタカアワダチソウやアライグマのせいなのだろうか？　おヨシさんがこのホームを去る理由も多分、この〈違い〉と何か関係があると思える。このホームに入所するには、それなりの金がかかる。噂によれば、おヨシさんの子どもはその金が払えないという。入所の費用が払えないと即、ここを出なければならないのか？

「バアちゃんには立派な子どもさんがいるから、心配せんでもヨカねえ」

山田さんが母へ語りかけてきた。

オレが立派な子どもだって？　とんでもない。課長補佐ではあっても、実際の仕事は社員にリストラを言いわたす役である。いつもストレスによる心身症で悩み、最近ではウバ捨て山の映画『楢山節考』に凝って、息子の辰平のことばかり考えている。

「おヨシさん。何かあったら、遠慮せずに知らせてね」

山田さんは言い残し、部屋を出て行った。

点滴の仕事を終えたのがよほど嬉しいのか、廊下を去る足音も軽やかである。銀次のメールによれば、山田さんは近くの地方都市から遠距離通勤をしているという。山田さんにも家庭があるだろう。オレと同じように結婚前の娘がいたり、浪人中の息子がいるのかもしれない。

＊　＊

部屋には、二人の認知症患者が残った。

おヨシさんは軽症であるから意思は通じるが、重症である母は通じない。いくら話しかけても反応がないし、そっぽを向いたままである。これではせっかく帰省しても、介護することなど何もない。下川はぶつくさ言いながら、ベッドサイドにある戸棚の整理をし始めた。

「早く、早くしてチョウダイネ！」

隣で、例の幼女の叫び声がした。

またかよと思って振り向くと、やはりおヨシさんの声であった。各ベッドの枕元には、緊急を知らせるブザーつきのインターフォンがぶら下っている。インターフォンを取るだけで直接、施設の職員や介護師につながる仕組みになっている。

「早く、早くしてチョウダイネ！」

おヨシさんは何回も同じ緊急連絡をした。

「どうかしましたか、おヨシさん？」

ゆったりとした男の声が返ってきた。

施設の職員のようである。面識はあるが、まだ一度も話したことはない。いつかはこの職員と、母の今後について話し合いたい。声から判断して優しそうであるから、下川は先ずはほっとした。

「ウンコ、ウンコ。早く、早くしてチョウダイネ！」

おヨシさんはまた緊急連絡をした。

するとすぐ、声は男性職員から女性の山田さんに代わった。〈ウンコ〉とは緊急事態である。山田さんはせき込むように、〈ごめんごめん、すぐ行くからね。我慢すッとよ〉と言った。

間もなくすると、廊下を走る足音がした。

そうだった。あの小さい方の輸液ボトルの中には、下剤が入っていたのであった。輸液であるから、錠剤よりも効き目が早いのだろう。ドアが手荒く開くと、簡易の便座を持った男性職員と山田さんが立っていた。

職員は急いで、カーテンを閉めはじめた。

年齢は定年前のようで、シラ髪が少し混じっていた。母のことで相談するとしたら、この職員と話すことになる。下川は話す内容を考えてみたが、今はそれどころではないのだった。

今は何よりも、おヨシさんの用便が先である。

男性職員がカーテンを閉めると、五十年前の懐かしい教室はたちまち老人ホームの現実に戻ってしまった。その現実はあまりにも厳しくて、一瞬目の前が黒いベールで隠されたように思えた。

下川は息苦しくなって、急いで部屋を出た。

教室の前には今でも花壇があり、ヒマワリ、アサガオなどの草花が咲いていた。花壇から校庭へ出るため、小さな階段を下りる。そうだ、五十年ほど前、オレたちの運動会や全校朝礼はここであったのだ。懐かしくなって大きく伸びをした時、黒っぽい小動物が目の前を横切った。

例のアライグマであった。

実に慣れたもので、わがもの顔で悠然と歩いている。それを見て、下川は無性に腹が立ってきた。こいつは谷川のカジカや銀次のシイタケだけではなく、オレたちの大切な卒業作文まで齧《かじ》ってしまった。もう許せない。下川は花壇から棒切れを引き抜くと、大声をあげてアライグマの後を追った。

アライグマは一瞬立ちどまり、身構えた。

下川はふと、銀次のシイタケ栽培場で見たアライグマの眼光を思い出した。あの時もアライグマはこのように身構え、何か言いたげに睨んできた。眼光は〈何か文句があるのなら、遠慮せずに言ってみろよ〉と言っていた。

「言っておくがなあ。いいか、オレはその……。母を見捨てるために……、部屋を出たんじゃないぞ」

愚にもつかない弁解であった。

「オレはただ、……おヨシさんが脱糞する姿を見たくないだけなんだ。その音を聞き、臭いを嗅ぐのも御免だ。都会へ出たのも同じで、……それより他に方法はなかったのだ。いいか断っておくがな、オレは決して……、母やお墓を見捨てるために都会へ出たんじゃないぞ！」

興奮のあまり、支離滅裂になっていた。

アライグマはふんと鼻を鳴らすと、向きを変えて去っていった。承知したという素振りではなく、完全に無視する態度に思えた。今の関心事はおヨシさんの脱糞ではない。母親をまだ「カジカの里」に残したいのか、それとも都会へ連れ出すかである。アライグマの目は文句など言わずに、さっさと決めろよと言っている。

空を見上げると、白いものが舞っていた。

雪だろうか枯葉だろうか？　谷間に射しこむ陽光を受けてきらきらと輝いていた。今は初夏の午後であるから、雪でないのは確かである。下川の脳裏に一瞬、『楢山節考』のラストシーンが浮かんだ。息子の辰平が母親をカルイに乗せ、いよいよ〈楢山まいり〉を決行する場面である。

あの日は本当の雪が降っていた。

母親のおりんは気丈である反面、優しいという点では母性本能まる出しであった。大雪であるから、息子は帰りの道で迷うかもしれない。カジカであろうとアライグマであろうと、母親は子どものためなら何だってする。心配になったおりんは〈楢山まいり〉の道すがら、カルイの上から木の枝を折ることで、息子が帰る時の目印にした。

「オレの母はどうするだろうか？」

「重度の認知症であるから、何の気配りもできないだろうよ」

下川は小声で、自問自答した。

オレは仕事の関係でウツ状態になっているが、母みたいな重症ではない。だったら今、オレは何をどうすればいいのだろうか？

〈お前を産み、育ててくれた大切な母親である。だったら言い逃れなどはせずに、銀次みたいに何かを実行せよ、実行を。例えばお前はいつも、リストラにした社員が気の毒であると嘆いている。本当にそう思うのなら、その社員を銀次の経営するシイタケ加工工場へ紹介したらどうだい？〉

「なに、シイタケの加工工場へだって？」

下川は急に立ちどまった。

心がぐらりと動いたと言ってもいい。オレだって故郷を再生したいし、リストラにした社員が気の毒でならない。もしかして、その社員に新しい仕事を斡旋するだけで、政府の言う地方創生の三要素が揃うのでは？　魅力的な仕事を求めて人が集まり、人が集まると故郷は再生される。オレは今まで利益優先の仕事ばかりをしてきたのだ、魅力的な仕事にする方法なら銀次よりもよく知っている。

「そうか、その手があったのか！」

下川は呟き、頭をぽんと叩いた。

そうと決まれば、先ずは銀次と仲なおりをしなければ。そして二人でシイタケの生産から、加工、販売までを行なう〈農業の六次産業化〉に挑戦してみよう。これは一挙両得どころか、それ以上のことも期待できる。故郷は再生し始め、リストラされた社員たちは喜び、そして長年苦しんできたオレのウツ病だって改善するかもしれない。

もうそろそろ、おヨシさんの脱糞も終わる頃である。

〈善は急げ〉だ、下川は意を決したように歩きはじめた。行き先は老人ホームの事務室であり、相談する相手は先ほど見かけたあの男性職員である。

ウグイス家族

㈠

「ねえ、志乃。この辺の山は本当にきれいでしょう?」

美智子は周囲を見回しながら言った。

照葉樹林とはよく言ったもので、木々の葉っぱがぴかぴか輝いて見える。最近は農業後継者が少なくなったそうで、田畑は荒地《あれち》やスギ山に変わってしまった。それでも故郷の山だけは昔と変わらないようで、ぴかぴか輝いている。

その時、上空で鳥の鳴き声がした。

ホトトギスであった。せっかく故郷の山々が輝いて出迎えているのに、これでは台無しである。

〈耳をつんざく〉という言葉がぴったりであり、美智子にとっては〈心を引き裂く音〉のように思えた。

「あの鳥がね……、ホトトギスよ」

美智子は言い、小さく舌打ちをした。

〈耳をつんざく〉ようなホトトギスの鳴き声で、元夫や父親の怒鳴り声を思い出したからである。憎らしげに上空を見上げたけど、ホトトギスの姿はどこにも見えなかった。再婚して半年が過ぎるところである。美智子は数年前、元夫との生活が我慢できなくなって離婚した。あの頃は離婚をしさえすれば、きっと幸せになれると思っていた。離婚で心がボロボロになるほど疲れたのに、再婚をするとまた新しい悩みが待っていた。

原因はこの志乃である。

志乃は自分が産んだ子どもではないからだろうか、なかなか心を開いてくれない。今度こそ楽しくて、明るい家庭を築きたい。そう思って再婚したのに、これではまたまた心がボロボロになってしまう。

「ねえ、あの鳥……。声が大き過ぎるとは思わない？」

話しかけたが、志乃の反応はなかった。

まだ小学四年生であるし、都会育ちでもある。ホトトギスの名前は授業で教わったかもしれないが、この鳥の不可解な習性までは教わっていないだろう。

「実はあのホトトギスにはね……」

美智子は言いかけて一瞬、迷った。

ホトトギスは晩春の今頃、繁殖のために南の国から渡ってくる。ここまでなら何の問題もないけど、その繁殖方法をこの場で志乃へ話していいのだろうか？　美智子は大いに迷ったが、この場だからこそ話すべきであるとも思った。

「ねえ、理科の時間に……。托卵《たくらん》て言葉を教わらなかった？」

美智子は思いきって聞いた。

もし〈托卵〉の意味を知ったら、志乃の心はきっと大混乱するに違いない。だってホトトギスは繁殖のために日本へ渡ってきても、自分の巣は作らない。代わりにウグイスやミソサザイなどの巣に卵を産んで、ヒナもウグイスなどに育てさせるのだから。

〈この托卵って……、私とそっくりだよね？〉

美智子は先ず、自分自身へ語りかけた。

志乃は自分が腹を痛めて産んだ子どもではないから、血のつながりはない。志乃の実母がホトトギスの母親の役であるならば、自分は志乃を育てるウグイスの母親の役である。

「ホトトギスの托卵はね……、とっても残酷なんだって」

ここまで話したら、もう続けるしかない。

例えば産卵の時、ホトトギスはウグイスが巣から飛びたつのをじっと待っている。飛び立つと同時にウグイスの巣の中に入り、さっと自分の卵を産み落とす。これで終わりではない。ウグイスの巣に自分の卵を産んだのだから、卵の数が一つ多くなっている。そこでホトトギスはウグイスの卵を一つ口にくわえて飛び立ち、途中で捨ててしまう。

孵化すると、さらに残酷な事態が待っている。

例えば巣の中に、ウグイスの卵が残っていたとする。ホトトギスのヒナは両羽根を使って、その卵を巣から落としてしまう。万が一ウグイスのヒナが先に孵化していたら、ホトトギスのヒナは〈押しくら饅頭〉をしてウグイスのヒナを巣から落としてしまう。

想像するだけで、身の毛がよだつ。

それと同時に、ウグイスの母親はなんと無責任なのだろうと思う。だって大きさでは、ホトトギスとウグイスではまるで違うのだから。ホトトギスがヒヨドリと同じくらいの大きさであるなら、ウグイスはスズメよりも小さい。

それでも、ウグイスの母親は信じて疑わない。

ヒナが赤い口を大きく広げて、餌をねだって鳴くともう駄目。ウグイスの母性本能は突然、狂ってしまい、せっせとホトトギスのヒナに餌を運んでくる。結局ウグイスはわが子ではなくて、ホトトギスのヒナを自分の子どもであると信じて育てていく。

〈私は今、そんなウグイスの母親になりたいのでは……?〉

心の中で呟くと、離婚の頃を思い出した。

元夫はホトトギスのような大声で〈オレの子どもはオレが育てる!〉と怒鳴って、子どもと会うことさえ許さなかった。ホトトギスは習性として子育てをウグイスに托すけれども、自分は家庭裁判所の裁定によって子どもを奪われてしまった。そして再婚した今はウグイスに変身して、他人の子どもを自分の子として育てている。

「せっかく親子になったんだもの……。これからは仲良くしようね」

美智子は志乃の手をやさしく取った。

志乃はウグイスの心情を理解してくれたのか、それともまだ理解できないのかは不明。ただ黙って、首肯《うなず》くだけである。冷静であると言えば聞こえはいいけど、感情を顔に出さずに、こちらの様子をじっと窺《うかが》っているだけである。

再婚して以来、ずっとこの調子である。

今の夫の話によれば、離婚には痛ましい背景があったという。志乃が幼児の頃、専業主婦であった元妻は育児放棄をし始めた。例えば志乃が夜泣きをしたとする。赤ん坊は〈泣くことが仕事である〉と言われているのに、元妻はそれを嫌った。〈お前なんか産まなきゃよかった〉とか、〈お前は私の子どもなんかじゃない〉と叫んだらしい。一般にこの種の感情はエスカレートするから、叫び声はついにDV（家庭内暴力）へと変身した。

深く傷つき、悩んだのは志乃であった。

母は自分が〈夜泣きをしたから〉、何回も自分を殴った。だったら悪いのは殴った母ではなくて、

〈夜泣きをした自分〉であったのでは？　志乃は今でもそうだと思って悩み、学校にも行けない状態である。その元母親に代わって、今は自分が志乃の母親になっている。だったら自分はウグイスの母親になりきって、傷ついた志乃を守るべきである。

「ほらほら見て。あの向こうの家……」

美智子は指差し、志乃を抱き寄せた。

「あれがね、志乃のお祖母《ばあ》ちゃんが入所している建物よ。それからずっと向こうにある高い丘の上に……、お爺ちゃんのお墓があるのよ」

美智子は志乃の手を取って、歩き始めた。

志乃はずっと無言であり、無表情である。今回の旅行は単なる里帰りではない。志乃と一緒に母の病気見舞いをして、志乃と一緒に父の墓参りをすることである。時間と場所を共有すれば、きっと新しい人間関係が生まれると信じて帰省してきた。

残念だけど、この判断は甘かったらしい。

何しろ、〈バツイチ〉同士の再婚である。再婚したら即、幸せになれるとは限らない。どんな離婚にも、それぞれ違った理由がある。たとえ弁護士に頼んで財産分与や手切れ金などを解決しても、目には見えない厄介な心の問題は残ってしまう。

美智子は溜め息をつき、後を振りかえった。

集落の一角に、屋根にペンペン草の生えた家が何軒も見えた。人が住まなくなった廃屋であるが、わが家も母が福祉施設に入って以来、誰も住んでいない。最近は全国に、この種の廃屋がふえているという。その見分け方はいたって簡単である。人の住まない廃屋であるから、当然きちんと戸締まりがしてある。次に屋根にテレビ・アンテナの代わりに、ペンペン草が生えた家を探すだけで見分けができる。

＊　＊

昨日は昼すぎに、飛行場へ着いた。

バスとタクシーを乗り継いで、やっとの思いで生まれ故郷へ到着した。残念ながら飛行場でも、わが家でも出迎える者は誰もいなかった。

当然といえば当然である。

長兄が農業後継者になるはずであったが、都会に出たまま帰っていない。三人兄妹であるから、後は自分と妹である。自分は結婚して二児の母になったけど、離婚をした。妹も都会へ出たが、四十歳半ばになった今でも独身である。父は数年前、ある職業病で他界した。母は懸命に農業を維持したけど歳には勝てず、ついにわが家も廃屋になった。

昨夜は泥棒みたいに、玄関をこじ開けて中に入った。

電灯はついてくれたが、テレビの契約はとうに切れていた。なんとかして共通の話題を見つけたいのだが、テレビが観れないから話題が見つからない。仕方なく、コーヒーを飲むことにした。二人は昔作りの居間に座り、黙って缶コーヒーを飲むことになった。〈もう寝ようか〉と言うと志乃が〈うん〉とだけ答え、二人はカビ臭い床に入った。

それでも、志乃と話をしたいと思った。

床に入った後、二人はしばらくスマホで時間を過ごした。美智子は夫へ無事にわが家へ着いたことを報告し、志乃はメル友と交信をしていた。間もなくして、志乃がくすっと笑った。美智子は一瞬、〈共通の話題が見つかったのでは？〉と思った。だが残念。志乃はメル友との交信を終えると、また黙ってしまった。

「もう寝ようか？」

「うん」

二人は再度、短い会話をした。

例えば新しい親子関係を作るために、継母と連れあいの娘が旅へ出たと仮定してみる。二人は共通の話題が見つからず、ずっと黙りあっている。昨夜はそんなことを考え過ぎたからだろうか、カビ臭い床の中でほとんど一睡もできなかった。

(二)

美智子はまだ、昨夜のことを考えていた。

今回の旅行は単なる物見遊山ではない。志乃と時間と場所を共有することで、新しい親子関係を作ることである。何度も何度も自問自答していると、またまたホトトギスの鳴き声がした。この声を聞くとなぜか、元夫を思い出してしまう。元夫を思い出すと鳴き声が〈心を引き裂く音〉のように聞こえ、最後には離婚へと繋《つな》がっていく。

離婚をした理由は〈性格の不一致〉であった。

弁護士の話によれば、離婚をする理由の第一位はこの〈性格の不一致〉であるという。だが現実は複雑であって、ケース・バイ・ケースであるという。例えば自分の場合、二人は社内結婚であった。元夫は仕事ができて性格も優しいと思ったから、結婚を決意した。新婚の頃は予想したとおりであり、何の不満もなかった。

しかし子どもが生まれた頃から、少しずつ変わりはじめた。

職場は自動車専用の部品だけを作る中小企業であるから、共稼ぎをしないと生活ができない。会社の仕事と家事の他に、母親には育児という新しい仕事が待っている。すると当然、今まで無難にやってきた家事が疎《おろそ》かになる。元夫はこの理屈が理解できなくて、ただ子どもが生まれただけで離婚になってしまった。

「この味、オレの好みと違うじゃないか！」

ある夜、元夫は大声で怒鳴った。

これが始まりで、夫は怒鳴りながら茶わんを投げつけるようになった。次にはアイロンの仕方が悪いと怒鳴って、ハンカチをびりびりと引き裂いた。暴言はエスカレートするばかりで、最後には激しいＤＶへと発展した。

「さあ、志乃……。祖母ちゃんの入所している所が近いわよ」

美智子は悪夢を振りはらって、明るい声で言った。

母は確かにここにいるのだが、ここは懐かしい小学校の跡地でもある。噂では知っていたけど、実際に見ると胸が痛くなる。あの高度経済成長期の頃、自分は豊かさを求めて都会へ出て行った。マスコミによれば、そのことが廃校の遠因であったという。

その時、近くで〈ホーホケキョ〉という鳥の鳴き声がした。

なぜだろう？　ウグイスの声を聞くと心が休まった。今回の旅の目的は離婚で傷ついた自分と志乃の心を癒《いや》し、新しい人間関係を作ることである。だったら自分も、ウグイスみたいに明るく振る舞わなければ。そう思った時、またウグイスが鳴いた。

「ねえ志乃、聞いた？　いま鳴いた鳥の名前は何だっけ？」

「多分……、ウグイス」

「そうそう。よく知ってるわねえ！」

わざと驚いてみせ、志乃を抱き寄せる。

志乃は現在、不登校中である。先日は学校から呼び出され、先生から注意をされた。その助言の中で、先ずは〈志乃の考えを聞いてやること〉、次に〈褒《ほ》めることが大切である〉と言われた。旅の効果が出たのだろうか？　昨夜の会話は〈もう寝ようか〉と〈うん〉だけであったのに、新しく〈多分、ウグイス〉という言葉が加わった。

「私の父、いや志乃の爺ちゃんはね……」

美智子は言いかけ、また迷った。

数十年前のことを話したいのだが、志乃に理解できるのか不安である。当時の農山村では、ウグイスは飼いネコと同じぐらい家族同然であった。美智子は遠い小学生の頃を思い出しつつ、父から聞いた家族同然のウグイスについて話すことにした。

「ウグイスは渡り鳥ではないのよ……。知っていた？」

聞いてはみたが、志乃は黙ったままであった。

志乃は都会育ちであるから、鳥には関心がないのかもしれない。ホトトギスは春に南の国から渡ってくるが、ヒナが大きくなるとまた南の国へと帰っていく。しかしウグイスは違って、ずっと日本に留まっている。夏場は暑さを避けて高い山へと移動し、春の繁殖期になると里へ戻ってくる。ここまで説明したが、志乃の顔に変化はなかった。

「ほら、あの山を見て。今は杉山だけど、昔は志乃の家の段々畑だったのよ」

志乃と一緒に、道端に腰を下ろす。

興味をひくために〈志乃の家の段々畑〉と言ってはみたが、今は杉山に変わっている。ウグイスと〈志乃との新しい人間関係〉、今は杉山に変わっているという現実と〈志乃の家の段々畑〉。こんな話が本当に、〈新しい人間関係〉を作るのに役立つのだろうか……?

「あの畑でムギ踏みをしている時、志乃の爺ちゃんがウグイスの話をしてくれたの」

美智子は半分ヤケになり、半分は優しく話しつづけた。

当時、自分は志乃と同じくらいの小学生であった。あの頃は小学生であっても、子どもは誰でも農作業の手伝いをしていた。ムギ踏みの他には五右衛門《ごえもん》風呂をわかしたり、牛馬に食べさせる草刈りや薪《たきぎ》とりなど、子どもの仕事はいくらでもあった。

「ムギ踏みって……、何なの?」

志乃が聞いてきたので、びっくりした。

実は沈黙がつづくから、この話は止めようかと半分あきらめていた。そこへ志乃の方から突然、

〈ムギ踏みって何なの？〉と聞いてきた。この機をのがす手はない。話そうとしたけど、はたと困った。経済的に豊かになると、日本人はムギを食べなくなっている。ムギを食べないとムギ農家はなくなり、すると当然〈ムギ踏み〉もしなくなった。

「志乃には少し……、難しいかもね」

美智子は諦《あきら》めずに、話しつづけた。

あれは高度経済成長期に入る前であるから、農家はどこも貧しかった。ムギにコメを混ぜる〈ムギご飯〉や、アワにコメを混ぜる〈アワご飯〉は常食であった。他にはムギと大豆を発酵させて、自家製の味噌や醬油だって作っていた。さて困ったと迷っていると、周囲の耕作遺棄地や杉山が少しずつ消えて、懐かしい段々畑へと変わりはじめた。

＊　＊

数十年前、ムギ踏みは早春の風物詩であった。

家族はみんな田畑へ出て、ムギ踏みをした。腰に両手をあてて一列に並び、横にずれながらムギを踏んでいく。最近は機械化され、ローラーをつけたトラクターが代行していると聞く。昔は人力しかないのだから、ムギ踏みは一家団欒《だんらん》の場にもなっていた。

あの日も、一家はムギ踏みに出かけた。

農家の娘であるから、農作業は嫌いではない。草履《ぞうり》をはいて段々畑に立ち、家族と一緒にムギ踏みをするのは楽しみでもあった。だがその日は一つだけ、ムギ踏みをする時間帯が気になっていた。当時の子どもが好きなものは〈巨人、大鵬、卵焼き〉であるとされ、流行語にもなっていた。テレビ局はこれを利用して、「巨人の星」というアニメ・マンガを何回も再放映していた。運の悪いことに、その放映時間がムギ踏みと重なったのだ。

「馬鹿タンが！　さっさと踏まンか！」

近くで、父の怒鳴り声がした。

普段の父はとても物静かであり、怒鳴ることは滅多になかった。その父が怒鳴るのだから、よほど腹に据《す》えかねたらしい。悪いのはムギ踏みではなくて、ムギ踏みをする時間帯である。そう言い訳をしたいけど、うまく説明ができない。父は理由が分からないから何度も、〈馬鹿タンが！〉と怒鳴った。

「うん」

あの時は、志乃みたいになま返事をした。

アニメ・マンガの主人公は星飛雄馬《ひゅうま》である。飛雄馬は巨人軍の元三塁手であった父親の星一徹から、野球の英才教育を受けていた。父の指導は多分、志乃が実母から受けたという〈育児放棄〉よりも厳しかったと思う。飛雄馬はそんな厳しい指導を受け、みごと巨人軍に入団した。入団後は

〈大リーグ・ボール〉などを考案して、ライバルの花形満や左門豊作らを相手に大活躍をする。

「思いこんだら試練の道を……」

美智子は腹いせに、わざと大声で主題歌を歌った。

すると父はまた、〈馬鹿タンが!〉と怒鳴って舌打ちをした。今日の「巨人の星」を見逃せば、間違いなく次回のアニメ・マンガの筋道が分からなくなる。そう思うと無性に腹が立ち、腹が立った分だけムギ踏みは雑になった。

「しっかイと踏まンと、今夜はご飯を食わせンど!」

父の語調は一段と激しくなった。

そこまで言うなら、こっちだって考えがある。お転婆《てんば》娘はさらに声を張り上げ、〈行け行け飛雄馬、どんと行け!〉と歌った。すると歌った分だけ父の怒りは増大し、父は〈今夜は家に入アセンド!〉と怒鳴った。それを聞いた時、お転婆は〈もしかして?〉と思った。もしかして、この人は本当の父親ではないのかも? だから「巨人の星」を観せずに、だから〈今夜は家に入れないぞ〉と怒鳴っているのでは?

「しっかイと踏まンと……、ムギは育たンとよ」

その時、やさしい女の声がした。

すぐ隣の列で、ムギ踏みをしている母親であった。母は手ぬぐいを姉さん被りにして、ムギ踏みの効用についてぼそぼそと話しはじめた。大声で話すと父親の面子《めんつ》がつぶれるとでも思ったのか、まるで〈独り言〉のような語調である。

母の〈独り言〉はムギの種まきから始まった。

ムギの種まきは晩秋であるが、ムギ踏みは苗が十センチほどに育つ早春に行なう。この頃はとても寒いから、ムギ畑には霜柱も立つ。そんな柔らかいムギの苗をなぜ、霜柱と一緒に地下足袋で踏みつけるのだろうか？

目的はただ一つ、〈増収につながる〉からである。

ムギ踏みをするのはただ単に、〈ムギを苦しめるため〉ではない。茎の部分をへし折ると、水分を吸い上げる力が弱まる。弱まると水分が少なくなり、ムギは冬の寒さや乾燥に耐える力をつける。すると根がしっかりと伸びて、結果的にムギの増収が期待できる。

「オナゴ（女）もムギと同じジャが。踏ンづけられてン……、じっと我慢せニャ」

母は呟きつつ、すぐ前を通って行く。

母の学歴は中卒であるから、儒教が教える女性の〈三従〉などは知らなかったと思う。それでも〈幼女の頃は父に従い、結婚をしたら夫に従い、老いたら子に従うのが女の道である〉、と思っていたのは確かである。

その点で自分は決して、〈三従〉ではなかった。

だって幼少の頃、自分はいつも父に反発していたのだから。結婚すると夫に従わずに離婚をし、再婚しても連れ子である志乃から嫌われている。今まで何度も何度もムギみたいに踏みつけられてきたのに、〈増収〉どころか苦労ばかりしている。

今にして思えば、父は理想的な男性であった。

母がムギみたいに耐える〈三従〉の見本であるならば、父には何にも屈しない強い〈ド根性〉があった。多分そのせいだと思うけど、父は毎年のように都会へと出稼ぎに出て行った。都会に出て金を稼ぐと、帰りには決まってテレビや耕耘機などを買ってきた。父の〈ド根性〉は強くなるばかりで、出稼ぎに出る回数は年ごとに増えていった。

㈢

「爺ちゃんは……、偉かったの？」

志乃が遠慮がちに言った。

急に会話らしい会話になったので、美智子はびっくりした。今までウグイスやムギ踏みについて、詳しく話し過ぎたからだろうか？　それとも早く志乃と親しくなりたいという思いが強すぎて、父の話が自慢話になっていたのだろうか？

「偉いというより……、ただ厳しかっただけよ」

美智子は言いつつ、またムギ踏みを思い出した。

あの時の口惜しさは一種のトラウマ（心的外傷）になっているようで、事あるごとに思い出してしまう。父はウグイスのオスと同じで、子育ては全て母に任せていた。一方の母はウグイスのメスであり、どんなに強く踏みつけられても耐える〈ムギの苗〉でもあった。そう言ったつもりであったのに、志乃は〈爺ちゃんは偉かった〉と理解したらしい。

実は他にも、父には〈偉い〉と思える一面があった。

子どもの将来についての配慮である。この点では、母以上に〈子育て〉をしたと思う。出稼ぎの金で子ども三人を高校まで通わせ、結婚費用も出してくれたのだから。もし父が単なるウグイスのオスであったら、子ども三人の将来はどうなったのか想像もできない。

父が出稼ぎに出ると、家族はみんな喜んだ。

「巨人の星」は好きな時間に観てもいいし、他にも嬉しいことがあった。父は出稼ぎから帰る時は必ず、お土産を買ってきてくれたのだから。都会では流行していても、この地では決して買えないフラフープやプラモデルなどであった。

＊　＊

ある年、わが家で珍事があった。

何を思ったのか、父は大きな鳥類辞典を買ってきたのだ。当時のわが家には本棚はないし、新聞も購読していなかった。なのに父はなぜか、鳥類辞典を買ってきた。家族はただ驚くばかりで、珍しそうに写真入りの分厚い鳥類辞典を広げて楽しむようになった。

兄もその一人であった。

あれは稲の脱穀を終えて、一年分のマキに使う雑木を伐採している時であった。クヌギはシイタケ栽培の原木に使うけど、他の雑木はマキに使うだけである。兄の手伝いはクヌギを同じ長さに切ることであり、美智子と妹の手伝いは枯れ枝を束ねることであった。

その時、ウグイスの声がした。

「もう、ウグイスが巣を作ったドか？」

兄は手を休めて、鳴き声のする方を見た。

「バカか、辞典を見たツか？　巣作にはもう遅セが」

父はくすっと笑って、仕事をつづけた。

当時のわが家にとって、鳥類辞典は聖書みたいなものであった。農作業をしていると必ず近くで、カラス、ホホジロ、メジロなどが鳴く。すると帰宅後、家族の誰かが鳥類辞典を広げた。これらの延長線上で、一家はホトトギスの托卵を知ったことになる。

「ウグイスの鳴き声は三つジャが……」

その夜、父は横座《よこざ》でダレヤメ（晩酌）をしながら言った。

「ホーホケキョとケキョ、ケキョ。三つ目がチャッ、チャッじゃが」

このような時、父の機嫌は最高によかった。

〈ホーホケキョ〉は縄張り宣言をしてメスの注意を引いたり、〈今は近くに外敵がいないから安心せよ〉と報せる合図である。せわしく〈ケキョ、ケキョ〉と鳴く声は〈ウグイスの谷渡り〉ともいうが、近くにヘビなどの外敵がいるから注意せよという合図である。

「最後がチャッ、チャッじゃ……」

父は焼酎をひと口飲むと、話をつづけた。

メスは一年を通じて、〈チャッ、チャッ〉という声で鳴く。オスも繁殖期以外はこの声で鳴き、これを〈ササ鳴き〉ともいう。ウグイスのオスの仕事はただ一つ、メスに交尾することである。見張りと警戒はしても、巣作りやヒナに餌を与えることは一切しない。

「わっドン（お前たち）も、ウグイスのオスになっといかんド……」

父はここまで話すと、急に咳きこんだ。

後で分かったことであるが、父はすでに振動病と塵肺《じんぱい》を発症していたのだった。高度経済成長期の頃であれば、都会では地下鉄の工事が始まっていた。この仕事は高賃金ではあるが、危険でもあった。振動病とは掘削機でトンネルを掘る時、その振動によって腕がローソクみたいになる病気である。あと一つの塵肺とは、肺にトンネル内の粉塵が付着する病気である。

父の場合、塵肺の方がひどかった。

家族を養うためなら、金はいくらでも欲しい。金が欲しいから何時間でも粉塵《ふんじん》にまみれ、地下鉄のトンネルを掘りつづけた。すると父の腕はローソクみたいに白くなり、肺は呼吸ができないほど粉塵にまみれつつあった。

(四)

「さあ志乃……、おばあちゃんのいる所に着いたわよ」

美智子は無理して、明るい声で言った。

この施設は十年ほど前まで、自分が通っていた元小学校でもある。多くの若者が都会へ出払うと子どもは生まれず、子どもが生まれないと小学校は廃校になるしかない。

「本当はね……、ここは母さんの小学校だったのよ」

言葉にすると、目頭が熱くなった。

ブランコや滑り台などは撤去されているが、目印であったセンダンの木だけは淡いピンクの花をつけて出迎えてくれた。担任の先生や学友の名前を呼ぶと、顔が出てきそうな雰囲気である。美智子は思い出を探しつつ、管理棟と思える建物へと向かった。

「この地区ではね、何年も赤ちゃんが生まれてないんだって……。志乃が結婚したら、赤ちゃんをいっぱい産んでほしいわ」

受付けにあるノートに、訪問者名を記入する。

志乃は相変わらず黙ったままである。人口の多い都会に住んでいるから、小学校が廃校になることなど想像もできないのだろう。志乃の手を取って、母の部屋へと向かう。廊下を歩いているのに、まるで校長室へ入る時みたいに緊張してきた。理由は母校が廃校になったからでも、志乃が黙りこんでいるからでもない。

「サシカぶイ（久しぶり）じゃねえ、おッ母はん！」

廊下から顔だけさし入れ、大声で話しかけた。

せっかく方言で話しかけたのに、母は振り向きもしなかった。十年ほど前、父が塵肺で入院すると、母は看病をしながら懸命に田畑を守っていた。帰省するたびに孫たちの成長を喜び、お年玉をくれたりもした。もし〈ムギ踏み〉の目的が正しいのなら、母の苦労の後にはきっと〈幸せ〉（増収）が待っている。

そう思っていたのに、期待は裏切られた。

それどころか父が他界した後、母の様子は少しずつ悪い方へ変わりはじめた。美智子が離婚したことを報せるために帰省した頃、母ははっきりと認知症になっていた。恥を忍んで離婚したことを報せても、母はただ微笑むだけであった。

「はい、母ちゃんが好っジャッた酒饅頭をコ（買）っきたヨ！」

母の鼻先に、酒饅頭をさし出してみた。

空港で母の好物が酒饅頭であったのを思い出し、わざわざ買ってきたものである。しかし残念。母は喜ぶどころかただ微笑み、不思議そうに見ているだけである。

「この人がね……、志乃の新しいお祖母ちゃんだよ」

涙声で紹介をし、志乃を母の枕元へ押し出す。

母が認知症であることは事前に教えていたからだろうか、志乃は驚きもせずに軽く頭を下げた。志乃は多分、がっかりしているに違いない。新しい祖父母に会わせるために帰省したのに、祖父はすでに他界し、祖母は重度の認知症になっているのだから。

元教室は四人部屋に改築されていた。

他の三人にも面識があったので、美智子は母が食べてくれない酒饅頭を配って回った。それらを終えると、もう何もすることがなかった。美智子は志乃を促して、ベッドの回りの掃除をすることにした。

「爺ちゃん……、偉かったの？」

志乃はまた同じ質問をした。

先ほど詳しく教えたのに、納得できなかったのだろうか？　今は父ではなくて、母との面会中である。たとえ母が認知症であっても、孫から何回も〈爺ちゃんは偉かったの？〉と聞かれたら、母だっていい気にはなれないだろう。

「そうよねえ……。まあ、そう思っていいんじゃない」

美智子は曖昧な返事をした。

確かに父は家族のために、出稼ぎに出てくれた。しかしあの〈ムギ踏み〉の怒鳴り声だけは許せない。そう思うと「巨人の星」のテーマ・ソングが聞こえはじめ、父は〈さっさとムギを踏まンか！〉と怒鳴った。数十年が過ぎた今でも、父の怒鳴り声はまだトラウマになっている。ひょっとしたら、自分が離婚した遠因はあの怒鳴り声だったのでは？

「だったら……、おばあちゃんの方が偉かったの？」

志乃は食い下がってきた。

どうしたのだろうか？　志乃が急に話すようになっている。それは嬉しいけど、〈ばあちゃんの方が偉かったの？〉と聞かれても、そう簡単には答えられない。

「学校で教わらなかったの？　昔はね、男尊女卑という言葉があったのよ」

言いつつ、少し難しいかなと思った。

男尊女卑とはいかにも古い言葉である。志乃は平成生まれの都会育ちである。今は〈草食系男子〉という言葉が使われているのだ、むしろ〈女尊男卑〉が正しいかもしれない。そう思った時、考えられないことが起きた。志乃が母の枕元にしゃがみ、手を取っていたのだ。母は不思議そうに新しい孫を見入り、志乃は認知症の老婆へ微笑みかけていた。

「私の名前は志乃です。よろしくね、おばあちゃん！」

明るくて、大きな声であった。

息をのんで見ていると、志乃は母の手を自分の頬に押しあてていた。この子は元母から〈お前など産むんじゃなかった！〉と怒鳴られ、何回も殴られたのではなかったのか？〈何だか出来すぎている。ひょっとして……、今の夫の入れ知恵では？〉

美智子の心にふいと、今の夫の姿が浮かんだ。

二人は〈バツイチ〉同士で、再婚をした。あれは偶然の出会いであり、運命的な出会いでもあった。今の夫はとてもユーモアがあって機転もきくから、その〈入れ知恵〉があったとも考えられる。だって心身症で苦しむ志乃が明るい声で母へ話しかけ、母の手を自分の頬に押しあてているのだから。

離婚した頃、美智子はひどいウツ状態になっていた。

離婚をしただけでも苦しいのに、自分は元夫から子どもまで奪われてしまった。母親にとって、子どもを奪われることは最悪の悲劇である。深い喪失感と今後の生活に対する強い不安感。他に元夫への強い怒りや世間体など、ウツ状態になる原因はいくらでもあった。何日も眠れない夜がつづくと体調不良になり、ついに心療内科を受診した。

＊　＊

「最近、離婚は珍しくありませんよ。三組のうち、一組は離婚しますからね」

医者は安心させるため、優しく笑った。

すると美智子は少しだけ、心が安らいだ。医者は次に、今後の治療方法について話し始めた。精神安定剤などの薬を服用する他に、いくつかの方法があるという。離婚の悩みを全てさらけ出す場面を作ること。相手だけを責めないで、自分にも欠点があったと認めること。心を一新するために旅行をしたり、新しい恋をすることなどを勧めた。

美智子は数日後、ある座談会に参加した。

医者の指示どおり、自分の悩みをさらけ出してみようと思ったからである。出席者は五人ほどで、それぞれ離婚トラウマで悩んでいた。同じ悩みをもつ者同士が集まり、ざっくばらんに話すことで互いの悩みを共有しあう。すると不思議。医者が言ったように、ウツの原因である不眠や喪失感が少しずつ和らいでいった。

その日も、座談会に出席した。

司会役のカウンセラーがある男性を指名すると、彼は離婚の経緯について話し始めた。出張の多い仕事であったので、家を留守にすることが多かったという。留守にすると家族との会話が少なくなり、会話が少なくなると心も自然と家族から離れたらしい。

「ある日、妻がこの子は産むんじゃなかったと叫びましてね……」

彼の話は離婚の核心にさしかかっていた。

この男性が今の自分の夫である。元妻は出張が多いのは仕事ではなくて、他の女と不倫をするためだと疑ったらしい。いくら説明しても聞き入れず、妻はついに子どもを殴るようになった。殴られた子どもが志乃であり、志乃は今でもそのトラウマで苦しんでいる。

後日、座談会のテーマはその〈不倫〉であった。

大方のカップルは結婚式で、永遠の愛を神の前で誓いあう。しかし夫婦生活は複雑怪奇であるから、不可解なことが起きはじめる。志乃がそのいい例である。母は父の〈不倫〉を疑って〈育児放棄〉をし、今の志乃は学校にも行けないほど悩んでいる。

「みなさん、ご存じでしたか？　ウグイスはね、なんと一夫多妻なのです」

今の夫が突然、話題を変えた。

〈不倫〉による離婚を中心に話し合っていたのに、急にウグイスの〈一夫多妻〉に変えたのである。ある参加者はくすっと笑い、ある参加者は顔をしかめた。しかし美智子の場合、かなり違っていた。数十年前、出稼ぎに出た父が買ってきてくれた例の鳥類辞典を思い出したからである。不愉快どころか、急に男性へ親近感をもってしまった。

「オスは交尾するだけで、巣作りや育児は全てメスに任せます……。ああ、ウグイスのオスが羨《うらや》ましいなあ。ボクは神に誓っても、不倫などしませんでした。しかし妻は頑として認めてくれず、ついに離婚になりましたがね」

男性の話が終わると、みんなは拍手をした。

今の夫には一種の機転というか、その場を和《なご》ませる話術がある。後で知ったことであるが、学歴はある大学で生物学を学んだという。夫がウグイスや他の動植物について詳しいのも道理である。だから二人は父が買ってきた例の鳥類辞典が縁で、再婚したと言ってもいい。

しかし再婚後、新しい悩みが待っていた。

機転のきく立派な再婚相手であるから、今度こそ明るい家庭を作りたい。心にそう誓ったのに、娘になった志乃が全く馴染《なじ》んでくれない。自分はウグイスではなくて人間である。でも今後はウグイスになりきって、志乃を自分の子どもとして育てたいのに……。

我慢できずに、夫へ相談してみた。

夫はいつもの機転をきかせ、すぐ名案を思いついた。それは心療内科医が助言したのと同じで、〈心を一新するために〉志乃と一緒に旅をすることであった。心を開いてくれない娘を連れて、二人だけの旅をする。最初は思っただけで、気が重かった。

「大丈夫さ、オレに考えがある。それから……、行き先は君の故郷がいいと思うよ」

夫の決断は早かった。

旅行日程が決まると、夫はすぐ志乃を勉強部屋へ連れて入った。二人はかなり長い間、部屋から出てこなかった。だから夫が志乃に何か〈入れ知恵〉をしたとしたら、この時間帯しか考えられないのだが……。

㈤

「ねえ志乃。あの時……、お父さんから何か言われたの?」

美智子は思い切って聞いてみた。

志乃は一瞬顔をこわばらせ、じっと見入ってきた。いつもの沈黙が始まったと言ってもいいし、ここは白状するべきだろうかと迷っているようにも見えた。言いたくないなら、答えなくてもいい。今は志乃と一緒に、楽しい旅をすることが目的である。その志乃が認知症の母へ、立派な自己紹介をしてくれたのだ。これこそ喜ぶべきことであって、〈夫の入れ知恵である〉などと勘ぐるべきではない。

「わたし……、作文の宿題が出てたの。題は『私の将来』で……」

志乃は呟くように言いつつ、母へ近づいた。

母親としては情けないことだけど、作文の宿題が出ていたことなど初耳であった。志乃は作文の相談相手を自分ではなくて、父親を選んだことになる。「私の将来」というテーマは大問題であるから、継母では信頼できないと判断したのだろうか……？

「わたし大人になったら……、看護師になるの。だから今、練習してみる」

志乃は急にしゃがむと、母と向き合った。

しゃがむと志乃の目線は母の目線と同じ高さになり、それだけで母は志乃に親しみを感じることになる。高校の仲間に看護師になった人がいて、目線の高さはとても大切であると言っていたのを思い出した。美智子はやられたなと思った。自分は今まで、父母や兄妹との会話で、……特に元夫との会話で、……同じ目線で話していたのだろうか？　いつも批判的に考えて、〈上から目線〉の態度で話していたのでは……？

「そうだったの……。偉いわね」

美智子は志乃に近づき、肩をそっと抱いてやった。

この子も賢いけど、今の夫の〈入れ知恵〉も立派なものである。自分にも実子が二人いる。その一人がある日、認知症になった新しい祖母に会うことになったと仮定してみる。自分は一体、どんな〈入れ知恵〉をするだろうか？　新しい祖母との目線の高さまでは考えずに多分、〈認知症であるから気をつけなさいよ〉ぐらいだろうか……？

㈥

「ほら……、高い丘が見えるでしょう？　爺ちゃんのお墓はあの丘の上よ」

次は父の墓参りである。

困ったことに、墓地は集落ごとに作られている。母の施設を出たら、自分の集落まで引き返さなければならない。数キロもあって、思っただけで疲れてしまう。志乃はまた無口な小学生に戻ったようで、一言も話さなかった。先ほどはあんなに楽しそうに振る舞っていたのに、今は無口である。やはり夫の〈入れ知恵〉であったのか……？

「お母さん、もう歩き疲れた。あの丘の上まで、エスカレターを作っほしいわね」

夫みたいに冗談を言ってみた。

墓地は高い丘の上にあるから、墓参をする人はエスカレーターで登る。この冗談はきっと〈ウケル〉と思ったのに、志乃は無言のままであった。それどころか、なぜか急ぎはじめた。そんなに急いで墓地に着いても、志乃にはどれが父の墓なのか分からないだろう。

「爺ちゃんの墓の近くにはね、大きな桐《きり》の木が立ってるわよ！」

ようやく丘の下まで来た時、大声で呼びかけた。

志乃は都会育ちであるから、桐の木などは知らないだろう。桐は成長が早くて香りもいいから、太古の昔から重宝がられたと聞いている。その証拠に現在、皇室や日本貨幣の紋章にも桐の花と葉っぱが使われている。この地でも昔から、桐の木をよく植えた。特に女の子が生まれたら、大方の家は桐の苗木を植えた。桐みたいに早く成長してほしいという願いもあったが、他にも大切な理由があった。

花嫁道具に、桐の木を使うためである。

娘がすくすくと育って、結婚適齢期になったとする。すると高価な花嫁道具が必要になり、桐がタンスを作る用材になってくれる。桐は植えて二十年もすると、娘の花嫁道具を作れるほどに成長する。ホトトギスが鳴く今頃、桐は最高に美しくなる。娘が〈私を忘れないでね〉と言ってるみたいに、桐は枝先に淡い紫色の花を咲かせる。

そんなことを考えている時であった。

座って休んでいる美智子の前を、小鳥がすいすいと横切った。この時季に〈チャツ、チャツ〉という声で鳴き、大きさがスズメと同じくらいの鳥。ここまで揃えば、この鳥はウグイスのメスであると断言していい。

「ねえ、あなたの子ども……。本当にウグイスなの?」

美智子はウグイスに語りかけた。

あの鳥類辞典には確かに、〈ホトトギスはウグイスの巣に托卵する〉と書いてあった。だったらこのウグイスも、ホトトギスのヒナを育てているのかもしれない。両者の大きさは全く違うのに、ヒナが餌をねだって赤い口を広げるともう駄目。ウグイスは母性本能を激しく刺激されて、疑うこともなく餌を与えつづける。

「ねえ、ウグイスのお母さん。実はわが家も〈ウグイス家族〉なのよ。ねえ、お願い。私にも、他人の子どもを上手に育てる方法を教えて……」

声を出して、語りかけたのが悪かった。

〈チャツ、チャツ〉というウグイスの鳴き声と、ホトトギスの托卵。淡い紫色をした桐の木の花と、花嫁道具になった桐のタンス。これらが頭の中でぐるぐると回り始めた。すると脅《おど》かすように突然、元夫と寡黙《かもく》な父の姿が心に浮かんできた。

＊　＊

「ト、突然ですが……。美智子さんとのケ、結婚を認めてください」

若い元夫は緊張のあまり、声を震わせた。

あれはムギの収穫が終わる麦秋《ばくしゅう》の頃である。五月の連休を利用して元夫を連れて帰郷し、結婚相手として父に引き合わせた。美智子は二十三歳で、元夫は二十四歳。二人とも高校を卒業すると同時に、自動車の部品だけを作る中小企業に就職していた。

父は簡単には、承諾しなかった。

独特な方言や習慣の違いもあったが、他にも理由があった。息子の結婚には必ず、〈嫁と姑《しゅうとめ》の確執〉が伴うのは知っていた。しかし娘の結婚にも、同じように複雑な確執があるとは知らなかった。大切に育ててきた自分の娘を突然、他の男に奪われるのだ。父親にとっては嬉しいというよりも、悲しいことである。

そのせいだったのか、父は長く黙っていた。

元夫は許されないと勘違いしたのか、再度同じ言葉をくり返した。すると父は大きく咳払いをしたかと思うと、激しく咳きこみ始めた。持病である塵肺発作を起こしたらしい。

発作が治まると苦しげにゼロゼロ、ゼイゼイと呼吸をし、また次の発作に襲われた。

「キ、キイ（桐）の木もテ、テゲ（随分）、フ、フツ（大きく）なったでね」

長い発作の後、父は喘《あえ》ぎながら言った。

〈桐の木が大きくなった〉とは、〈オレが植えた桐の木も花嫁道具を作れるほど大きくなった〉という意味である。もしそうだと理解したら、父は結婚を許したことになる。美智子は多分そうだと思って、元夫へ耳打ちをした。

「必ず必ず、娘さんを幸せにします！」

元夫は頭を畳につけて、父に誓った。

あんなに固く誓ったのに離婚をしたのだから、二人は父に嘘をついたことになる。嘘をついたのは悪いけど、今でも父に自慢したいことが一つある。例の桐のタンスである。

離婚をして再婚した今でも、父が作ってくれたあの桐のタンスを大切に使っている。

(七)

「まだなの、お母さん！」

回想に浸っていると突然、少女の叫び声がした。

声は墓地がある丘の上から聞こえ、すぐ志乃であることが分かった。と同時に、心がきゅんと痛くなった。再婚をして数カ月になるけど、志乃から〈お母さん〉と呼ばれた経験は一度もなかった。

志乃だと気づくと突然、母性本能が目覚めたらしい。たとえ夫が〈入れ知恵〉をしたから、〈お母さん〉と呼んだとしても一向に構わない。今日からはウグイスの母親になりきって、志乃を立派な大人に育ててみせる。

「桐の木ってこれなの？　きれいな花がいっぱい咲いてるよ！」

明るい少女の叫び声がする。

声の方を見上げると、なんと志乃が自分へ手を振っていた。志乃の背後には五月《さつき》晴れが広がり、淡い紫色をした桐の花が咲き乱れていた。美智子は我慢できなくなり、あっという間に墓地までかけ登っていた。後は母性本能が命じるままに、先ずは柔らかい少女の手を取った。すると母性本能は強くなるばかりで、たとえこの子がホトトギスのヒナであっても構わないと思った。

「ねえ、お母さん。爺ちゃんのお墓はどれなの？」

志乃はまた、〈お母さん〉と言った。

志乃が不思議がるのも当然で、墓地は雑草で覆われていた。この地では昔から、死者をとても大切にする風習がある。三日に一度は墓参りをし、墓石に屋根をつけるほど大切にする。ところが残念。人口流失と高齢化が進んだ今、この風習は消えかかっていた。

「志乃のお爺ちゃんのお墓はこれよ……。ごめんナア、お父《とっ》さん！」

焼香しつつ語りかけると、涙が溢れてきた。

あの〈ムギ踏み〉の時に大声で怒鳴られたから、父が大嫌いになった。あれこそが自分の誤解であり、不幸の始まりでもあった。父は自分の誕生を祝って、その記念として花嫁道具を作る桐の苗木まで植えてくれたというのに……。

「ムギ踏みン時ヤ……、ごめんナア！」

美智子は何回も父に詫びて、墓石を撫《な》でた。

立派な父であったと今、改めて思う。そんな父の期待を裏切って離婚をし、血のつながる大切な二人の孫まで元夫に奪われてしまった。これだけでも十分に、自分は親不孝者である。なのに再婚をして、今は血のつながらない志乃を連れて墓参りをしている。

「私の名前は志乃です。よろしくね、お爺ちゃん！」

その時、志乃が明るい声で言った。

志乃は言うと同時に、父の墓石に抱きついていた。先ほどの母の場合とよく似た言動であるから、多分これも今の夫の〈入れ知恵である〉かもしれない。そう思った時、どこかで〈バカたんが！〉と怒鳴る声がした（と思った）。初対面の小娘が突然、自分に抱きついてきたのだ。父は墓の中で面食らい、あの〈ムギ踏み〉の時みたいに怒鳴ったのだと思った。そう思うと、ますます涙があふれ出てきた。

「この桐の木は爺ちゃんが植えてくれたのよ。ねえ、何に使うためだと思う？」

涙を拭きつつ、墓の周りの雑草を引き抜く。

志乃はまた離婚トラウマで悩む小学生に戻り、黙ったまま雑草をむしり始めた。夢と金を求めて都会へ出た自分たちが悪かったのか？　それとも居残った者たちが悪かったのかは不明。死者を大切にするという風習は消えかかり、墓地は雑草に覆われている。

「それはね、花嫁道具のタンスを作るためだったのよ。志乃も爺ちゃんの孫になったのよ。だったらこの桐の木で……、志乃の花嫁道具を作ろうか……？」

美智子は除草をしながら、志乃の反応を見た。

いつもの長い沈黙がつづいたけど、当然のこだと思った。今の二人は法律的には、確かに祖父と孫の関係である。でも血のつながりはないのだから、初対面の父へ〈この桐で花嫁道具を作ってね〉とは頼めないだろう。そう思った時、近くの藪《やぶ》でウグイスが〈ホーホケキョ〉と鳴いた。例の鳥類辞典によれば、この鳴き声は〈心配することは何もないよ〉という合図である。

「あたしもあの桐で花嫁道具を作って……、赤ちゃんをいっぱい産みたい！」

志乃が突然、明るく言って笑いころげた。

先ほどのウグイスの合図で、志乃も安心したのだろうか？　いや、待て待て。これもひょっとして、夫の〈入れ知恵〉ではないのか？　いや、違う。認知症の母と目線を合わせたのは、夫の〈入れ知恵〉があったと考えてもいい。しかし〈赤ちゃんをいっぱい産みたい〉は別問題である。だって出産は女性特有のことであって、女性だけの喜びでもあるのだから。

「ありがとう、志乃。赤ちゃんが生まれたら、母さんがうんとお手伝いをするからね」

美智子は再度、志乃をしっかりと抱きしめた。

赤ちゃんがいっぱい生まれたら、この地も元の姿に戻るかもしれない。すると小学校が復活し、墓地には雑草などは生えないだろう。志乃を抱きしめていると、ウグイスのメスが〈チャツ、チャツ〉と鳴き、オスが優しく〈ホーホケキョ〉と鳴いた。

初出一覧

三つのサプライズ　「遍歴」第七一号（二〇一九年七月）
熱帯魚飼育法　「遍歴」第七二号（二〇一九年十二月）
幻聴（放送劇）　「遍歴」第七〇号（二〇一八年十二月）
トラウツボ　「遍歴」第六七号（二〇一七年六月）
冷や飯食い　「遍歴」第六六号（二〇一七年一月）
カジカの里　「遍歴」第六二号（二〇一五年一月）
ウグイス家族　「遍歴」第六八号（二〇一七年十二月）

あとがき

この作品集『カジカの里』は九冊目の出版である。

いずれの作品集も、南九州の農山村を舞台にしたものばかりである。別な言い方をすれば、〈上から目線ではなくて、地べたに目線を置いた作品〉を目指して書いてきたつもりである。その理由は多分、私自身が貧しい農家の次男坊として生まれ育ったことに起因すると思っている。

昔はどの時代でも、農民は為政者によって迫害を受けていた。

今回はその一例として、江戸時代に発生した百姓一揆を作品化してみた。「冷や飯食い」がそれである。貧しい農民たちは重い年貢に耐えかね、厳禁されている百姓一揆を何回も決行した。その善悪は別にして、これこそが私の目指す〈上から目線ではなくて、地べたに目線を置いた作品〉ということになる。

〈三つのサプライズ〉も同じである。

健康指向が高まった現在、葉タバコ農家は大いに迷っている。私の実家も葉タバコ農家であったから、その苦慮が十分に理解できる。そこで私は作中に、愉快なばあちゃんを登場させることで

〈地べたに目線を置いた作品〉にしたつもりである。蛇足ながらこの作品は日本農民文学賞に応募し、最終選考二編に残ったものである。

日本は現在、少子高齢化で苦慮している。

ある資料によれば、日本が急速に経済的発展をしたことに原因があるという。若者たちはその豊かさを求めて、都会へと出ていった。多くの若者たちが都会へ流出すると、残された地方は疲弊するしかない。若者がいないと子供が生まれず、子供が生まれないと地方は老人だけの〈限界集落〉になってしまう。

私はこの現状をテーマにして、他の作品を書いてみた。

小説「熱帯魚飼育法」、「カジカの里」、「ウグイス家族」などがそれであり、放送劇「幻聴」も同じである。日本の地方はどこでも現在、この〈少子高齢化社会〉で苦慮している。どのようにしたら若者を地方に留《とど》め、どのようにしたら〈以前の地方〉に再生できるかである。私は今後もこの大きな問題をテーマにして、〈地べたに目線を置いた作品〉を書きつづけたいと思っている。

その点で言えば、「トラウツボ」だけが違っている。

私は結婚すると、娘と息子に恵まれた。娘は医者になって結婚をし、孫娘も産んでくれた。しかし息子は違って、早稲田大学四年生の秋に突然死した。就職も内定して、一安心している頃であった。私には大ショックであり、生活も乱れた。不規則な生活の先に、心筋梗塞という大病が待ち受けていた。急死した息子を偲びつつ、自分史的な作品にしたのがこの「トラウッボ」である。

私はすでに、〈終活〉を意識する年代に入っている。

傘寿を過ぎて、死を意識するようになったのだと思う。この作品集を出版することに決めたのも、〈終活〉の一つと言ってもいい。ある調査によれば、十数年後には六十五歳以上の高齢者が全人口の三分の一を越すだろうと予想している。私の夢はただ一つ、地方を〈夢と希望に満ちた昔の地方〉に戻すことである。

末尾になったが、表紙絵は私の遠縁にあたる鶴ケ野玲子氏に、出版に際しては鉱脈社の杉谷昭人氏や他の皆さんにたいへんお世話になった。ここに紙面を借りて、心からお礼を申し上げる。

令和二年三月吉日

鶴ケ野　勉

［著者略歴］

鶴ヶ野　勉

（つるがの　つとむ）

○昭和14年　鹿児島県霧島市隼人町に生まれる。
○昭和37年から、宮崎県の高校学校英語教師になる。
○「九州文学」、「龍舌蘭」、「遍歴」、「しゃりんばい」などの同人編集委員
県下各市町村で自分史の講座を、各カルチャー・センターで文章講座を開く。
○著　書　『鵙《もず》』、『神楽舞いの後で』、『望郷』、『ばあちゃんのBSE』、
『あなたにも自分史が書ける』、『もうひとつの日向神話』、
『書き込み式私の人生』、『中央構造線』など
○受賞歴　平成28年度　宮崎県文化賞を受賞
第23回九州芸術祭最優秀賞を受賞「神楽舞いの後で」
第50回地上文学賞を受賞「ばあちゃんのBSE」など
○現住所　〒880-2105
宮崎市大塚台西３丁目11-16
TEL・FAX 0985-47-1910

カジカの里

二〇二〇年五月 八 日 初版印刷
二〇二〇年五月十八日 初版発行

著　者　鶴ヶ野　勉 ©
発行者　川口　敦己
発行所　鉱　脈　社
〒八八〇－八五五一
宮崎県宮崎市田代町二六三番地
電話　〇九八五－二五－一七五八
郵便振替　〇二〇七〇－七－二三六七

印刷・製本　有限会社　鉱脈社

鶴ヶ野 勉の本

鵙（もず）

〈地方〉をテーマに捉えて、文字の記録性と虚構性をみごとに一致させた代表作をはじめ、自壊する地方を題材に現代の「自然と風土」の実態と本質に鋭く迫った創作集。

四六判上製［２０００円＋税］

私の人生　書き込むだけの「自分史」

人生のエピソードに関する各設問に答えて、思い出の写真を貼ったり、メモ程度の走り書きだけで作成できる〝書き込み式自分史ノート〟。あなたもこの世に一冊だけの自分史を作りませんか？

Ｂ５判並製［９５２円＋税］

もうひとつの日向神話　その後の「海幸・山幸」物語

「誰の・誰による・誰のための」神話か。〝古事記〟成立の時代に身をおいて、作家の想像力が南九州をめぐる闇を解き放つ。〈隼人〉とは何者なのか？
その地に生まれた著者の手さぐりの解明の旅。

四六判並製［１４００円＋税］